Hans Christian Andersen

Der Glücks - Peter

Hans Christian Andersen

Der Glücks - Peter

ISBN/EAN: 9783743629233

Hergestellt in Europa, USA, Kanada, Australien, Japan

Cover: Foto ©Andreas Hilbeck / pixelio.de

Weitere Bücher finden Sie auf **www.hansebooks.com**

H. C. Andersen's Gesammelte Werke.

Vom
Verfasser selbst besorgte Ausgabe.

Neunundvierzigster Band.

Der Glücks-Peter.

Leipzig.
Johann Friedrich Hartknoch.
1871.

Der Glücks-Peter.

Eine Erzählung

von

H. C. Andersen.

Leipzig.
Johann Friedrich Hartknoch.
1871.

I.

In der vornehmsten Straße lag ein prächtiges, altmodisches Haus; das ganze Mauerwerk desselben war mit Glasstücken bespickt und es strahlte im Sonnen- und Mondenschein, als sei es mit Diamanten belegt. Das war ein Zeichen des Reichthums und der Reichthum war im Hause; man sagte, der Handelsherr, der in demselben wohnte, sei ein Mann von zwei Tonnen Goldes und könne leicht als Sparbüchse für die Zukunft eine Vierteltonne vor die Thür des Zimmers stellen, in welchem sein Söhnchen geboren wurde.

Denn ein Söhnchen war dem reichen Mann geboren worden und es herrschte große Freude vom Keller bis unter das Dach hinauf, und unterm Dach wurde einige Stunden später die Freude noch größer: dort oben wohnten der Lagerhausknecht und seine Frau, und bei ihnen kam gerade auch ein Söhnchen an, das der liebe Gott geschenkt, der Storch gebracht hatte und die Mutter vorzeigte. Hier oben stand in der That zufälligerweise eine Vierteltonne vor der Thüre, aber es war keine Tonne Goldes, es war eine Kehrichttonne.

Der reiche Handelsherr war ein sehr gutgesinnter und braver Mann; seine Frau, immer stramm und vornehm gekleidet, war gottesfürchtig, sanft und gut gegen arme Leute. Alle gönnten den Beiden die Freude, ein Söhnchen erhalten zu haben, welches brav und reich werden würde, wie der Vater.

Der Kleine wurde in der Taufe Felix genannt, was im Lateinischen so viel wie glücklich heißt, und das war er, und die Eltern waren es noch mehr.

Der Lagerhausknecht, ein richtig kernguter Kerl, und seine Frau, honnet und arbeitsam, waren von Allen, die sie kannten, wohl gelitten, und glücklich waren sie, daß sie den kleinen Knaben bekommen hatten; er wurde Peter getauft.

Der Knabe in der Bel=Etage und der Knabe im Dachstübchen bekamen je gleich viele Küsse von ihren Eltern und gleich viel Sonnenschein vom lieben Gott; aber sie waren doch immerhin verschieden gestellt, der Eine unten, der Andere oben. Peter saß ganz oben im Dachstübchen und er behielt als Amme seine eigene Mutter; der kleine Felix hatte eine fremde Person als Amme, aber gut und brav, das stand im Dienstbuch zu lesen. Das reiche Kind bekam einen schönen Kin=
derwagen, den die geputzte Amme zog, das Kind im Dachstübchen wurde von seiner eigenen Mutter auf dem Arm getragen, mochte sie nun im Sonntagsstaat oder im Wochenkleide sein, und das war eben so ver=
gnüglich.

Beide wuchsen heran, konnten mit der Hand

zeigen wie groß sie waren und auch einzelne Wörter in der Muttersprache sagen. Gleich süß und gleich näschig waren sie, Beide wurden auch sehr verhätschelt. Als sie größer wurden, hatten sie die gleiche Freude an dem Fuhrwerk des Handelsherrn. Felix saß auf dem Schoß der Amme neben dem Kutscher und sah sich die Pferde an, er bildete sich ein, er lenke die Pferde; Peter setzte sich ins Fenster des Dachstübchens und sah in den Hof hinab wenn der herrschaftliche Wagen vorfuhr, und wenn dann die Herrschaft abgefahren war, stellte er in dem Stübchen zwei Stühle zusammen, und nun fuhr er selbst aus; er war der wirkliche Kutscher, was ein wenig mehr war, als nur sich einzubilden Kutscher zu sein. Sie lebten ganz ausgezeichnet gut, die Beiden, aber sie waren schon ein paar Jahre alt, bevor sie zum ersten Male mit einander sprachen. Felix war hübsch gekleidet und ging in Sammet und Seide mit nackten Knien, auf englische Manier, umher. Das arme Kind müsse' ja frieren, sagte die Familie im Dachstübchen. Peter trug Hosen, die ihm bis an die Knöchel reichten, aber eines Tages waren sie gerade über den Knien geplatzt, so, daß er eben so guten Luftzug hatte und ebenso nackt einherging, wie der kleine feine Sohn des reichen Handelsherrn; er kam mit seiner Mutter gegangen und wollte aus dem Thorweg, Peter kam mit seiner Mutter und wollte hineingehen.

„Gieb dem Peter die Hand!" sagte die Frau des Handelsherrn. „Ihr Beide könnt einmal zusammen sprechen."

Und so sagte der Eine „Peter!" und der Andere „Felix!" Ja, mehr sagten sie diesmal nicht.

Die reiche Frau verhätschelte ihren Knaben, Peter wurde aber auch verhätschelt und namentlich von seiner Großmutter. Sie war zwar schwachsichtig, aber sie sah doch bei dem Peterchen viel mehr, als Vater und Mutter zu sehen vermochten, ja mehr, als irgend ein anderer Mensch herausfinden konnte.

„Das süße Kind," sagte sie, „wird schon in der Welt fortkommen; der Knabe ist mit einem Goldapfel in der Hand geboren, das sehe ich mit meinem schwachen Gesicht. Da liegt ja der Apfel und glänzt!" Und sie küßte den kleinen Peter mitten in die Hand.

Seine Eltern konnten Nichts sehen und Peter selbst auch Nichts, aber, wie er heranwuchs und zu denken begann, mochte er doch gar zu gern daran glauben.

„Das ist so eine Geschichte, ein Märchen von der Großmutter!" sagten die Eltern.

Ja, die Großmutter, die wußte zu erzählen und Peter ermüdete nie, sie anzuhören, wenn sie auch immer dieselben Geschichten erzählte. Sie lehrte ihm auch einen Psalm und das Vaterunser und er lernte dieses nicht blos auswendig, sondern als Worte, bei welchen zu denken ist; sie erklärte ihm jedes einzelne Gebet, so sagte sie z. B. bei dem vierten „Gieb uns unser tägliches Brod heute", daß dieselben so zu verstehen seien, daß es Einem nothwendig sei, Weißbrod, einem Andern Schwarzbrod zu bekommen, Einer müsse ein großes Haus besitzen, wenn er viele Leute um sich

habe, ein Anderer in kleinen Verhältnissen könne eben=
sogut in einem Dachstübchen wohnen, das sei so einem
Jeden das, was er „tägliches Brod" nenne.

Peter hatte freilich sein gutes tägliches Brod und
die prächtigsten Tage, aber sie halten nicht immer vor.
Die schweren Kriegsjahre begannen; die junge Mann=
schaft mußte fort, auch die alte; der Vater Peters befand
sich unter den Einberufenen und die Nachricht ging
bald ein, daß er einer der Ersten gewesen, die im
Kampfe gegen den überlegenen Feind gefallen.

Das brachte bittern Kummer in das Dachstübchen.
Die Mutter weinte, die Großmutter und der kleine
Peter weinten, und jedesmal, wenn irgend ein Nachbar
bei ihnen vorsprach, wurde vom „Vater" gesprochen,
und da weinten sie alle. Der Handelsherr ließ indeß
der Witwe die Dachwohnung das erste Jahr ganz
miethfrei und später sollte sie nur eine geringe Miethe
zahlen. Die Großmutter zog zur Mutter hin, die sich
dadurch ernährte, daß sie die Wäsche mehrerer, wie sie
sagte, einzelner galanter Herren besorgte. Peter hatte
weder Kummer noch Noth, Essen und Trinken bekam
er vollauf und Großmutter erzählte ihm dermaßen
seltsame und wunderbare Geschichten von der weiten
Welt, daß er ihr eines Tages den Vorschlag machte,
sie möchte mit ihm auf den Sonntag in fremde Länder
ziehen, so könnten sie als Prinz und Prinzessin mit gol=
benen Kronen zurückkehren. Aber Großmutter ant=
wortete: „Dazu bin ich zu alt und du mußt erst sehr,
sehr viel lernen, groß und stark werden und dabei

doch immer ein gutes liebes Kind bleiben, wie du es jetzt bist."

Peter ritt in dem Stübchen auf einem Steckenpferd umher, er hatte gar zwei solche Pferde; aber Felix hatte ein lebendiges, wirkliches Pferd und das war so klein, daß es ganz gut ein Pferdekind hätte genannt werden können und so nannte es auch Peter, und größer konnte es nicht werden. Felix ritt im Hofe herum auf seinem Pferdchen, ja er ritt mit seinem Vater und einem königlichen Bereiter zum Thore hinaus. In der ersten halben Stunde, nachdem das geschehen war, mochte Peter nun seine Pferdchen gar nicht und ritt nicht auf ihnen, sie seien nicht wirklich, und er fragte seine Mutter, warum er nicht, wie Felix, ein wirkliches Pferd habe, und die Mutter sagte: „Felix wohnt unten im Hofe, wo der Stall ist, aber du wohnst hier hoch oben unter dem Dache; man kann keine anderen Pferde auf dem Boden haben, als solche, wie du hast; reite du nur auf ihnen!"

Und darauf ritt Peter wieder; erst ritt er auf die Commode zu, den großen Berg mit den vielen Schätzen: Peter's Sonntagskleidern und denen der Mutter und den blanken Thalerstücken, welche die Mutter zur Miethe für die Wohnung hinlegte. Er ritt auf den Ofen zu, welchen er den schwarzen Bären nannte; der schlief die ganze Sommerzeit, aber wenn der Winter kam, mußte er heran und die Stube wärmen und das Essen kochen.

Peter hatte einen Pathen, der im Winter oft

Sonntags ins Dachstübchen kam und eine Mahlzeit warmes Essen genoß. Er sei zurückgekommen, sagten Mutter und Großmutter. Er sei Kutscher gewesen, habe aber geschnappst und auf dem Bock geschlafen; weder der Soldat noch der Kutscher dürfe aber auf seinem Posten schlafen; darauf sei er Fuhrmannsknecht geworden und hatte oft die galantesten Leute in Kutsche oder Droschke gefahren; jetzt fuhr er den Kehrichtwagen von Thür zu Thür und schwang die Schnarre, daß aus allen Häusern Mädchen und Frauen mit ihren gefüllten Kehrichtfässern kamen und sie auf seinen Wagen ausschütteten, daß derselbe voll allerlei Unrath, Asche und Kehricht wurde.

Eines Tages war Peter aus der Dachwohnung hinunter gestiegen, die Mutter war in die Stadt gegangen; er stand in dem offenen Thorwege, draußen vor demselben hielt sein Pathe mit seinem Wagen. „Willst du mitfahren?" fragte er; ja, Peter wollte schon mitfahren, blos bis an die Straßenecke.

Seine Augen strahlten, als er auf dem Sitze bei seinem Pathen saß und dieser ihm die Peitsche in die Hand gab. Und Peter fuhr mit lebendigen wirklichen Pferden, fuhr ganz bis an die Ecke. Dort kam seine Mutter ihm entgegen; sie machte ein bedenkliches Gesicht: grade 'was Feines war es ja nicht, ihren eigenen kleinen Sohn auf dem Kehrichtkarren zu erblicken. Peter mußte auch sogleich vom Wagen steigen, doch bedankte sich die Mutter bei dem Pathen; als sie aber mit Peter nach Hause kam, verbot sie ihm, die Tour zu wiederholen.

Eines Tages stand er wieder im Thorwege; es war zwar der Pathe nicht da, der ihn zu einer Spazierfahrt hätte verlocken können, aber es waren andere Verlockungen da; drei bis vier kleinere Straßenjungen lagen und wühlten in dem Rinnsteine, um aufzufinden, was darin verloren oder sich festgesetzt haben möchte; oft hatten sie einen Knopf oder eine Kupfermünze gefunden, aber oft sich auch an Glasscherben geschnitten oder an einer Stecknadel gestochen, welches letztere an dem Tage gerade der Fall war. Aber Peter mußte mit dabei sein, und kaum hatte er die Hand in den Rinnstein gesteckt, so fand er eine Silbermünze.

Eines anderen Tages lag er wieder mit den anderen Knaben zusammen und wühlte in dem Rinnstein; sie trugen nur schmutzige Hände davon, er fand einen goldenen Ring und zeigte mit strahlenden Augen den Anderen seinen Fund; die aber prügelten ihn durch und hießen ihn Glücks-Peter und er durfte nicht mehr dabei sein, wo die Anderen wühlten.

Hinter dem Hause des Handelsherrn befand sich ein seichter Grund, der aufgefüllt werden sollte, um als Bauplatz zu dienen; es wurde Kies und Kehricht dahin gefahren, es lag da in großen Haufen. Peter's Pathe fuhr es dahin, aber Peter durfte ja nicht mit ihm fahren. Die Straßenjungen wühlten in den Haufen umher, sie wühlten mit Stöcken und mit den

bloßen Händen, und sie fanden auch immer Dieses,
oder Jenes, was aufzuheben werth schien.

Peter kam auch hierher. Als aber die Straßen=
jungen ihn sahen, riefen sie ihm zu: „Glücks=Peter,
mach' daß du weg kommst!" und als er doch näher
kam, warfen sie nach ihm mit Erdklumpen; einer dieser
Klumpen schlug gegen seine hölzernen Pantoffeln an
und zerbröckelte; es rollte dabei ein blanker Gegen=
stand heraus; Peter hob denselben auf, es war ein
kleines Herz von Bernstein. Er lief nach Hause mit
dem Herzchen; die Anderen bemerkten nicht, daß er,
selbst wenn sie ihn mit Schmutz und Erde bewarfen,
ein Glückskind war.

Die silberne Münze, die er gefunden hatte, wurde
in seine Sparbüchse gesteckt; der Ring und das Bern=
steinherz wurde unten bei der Frau des Handelsherrn
vorgezeigt, denn die Mutter wollte wissen, ob es solche
gefundene Sachen seien, die „bei der Polizei angemel=
det werden müßten".

Wie strahlten die Blicke der Frau des Handels=
herrn; als sie den Ring sah, erkannte sie ihren eigenen
Verlobungsring, den sie vor drei Jahren verloren
hatte; so lange hatte derselbe im Rinnstein gelegen.

Peter bekam ein gutes Finderlohn, das in seiner
Sparbüchse rasselte; das Bernsteinherz sei eine Klei=
nigkeit von geringem Werth, das könne Peter schon
behalten.

Die Nacht über lag das Bernsteinherz auf der
Commode und die Großmutter lag im Bette.

„Ei, was ist doch das, was dort brennt?" sagte sie, „es ist ja als stünde da ein angezündetes Licht!" Sie erhob sich und sah nach; es war das kleine Bernsteinherz. Ja, die Großmutter mit ihrem schwachen Gesicht sah oft weit mehr als alle Anderen sehen konnten. Sie hatte nun so ihre eigenen Gedanken dabei. Am Morgen holte sie ein schmales starkes Band hervor, zog dasselbe durch die Oeffnung, die oben im Bernsteinherz war, und hing nun dieses ihrem kleinen Enkel um den Hals.

„Das darfst du niemals länger ablegen, als wenn du ein neues Band hineinziehst. Du darfst auch anderen Knaben nicht zeigen, daß du es hast, sonst nehmen sie es dir ab, und dann kriegst du Leibschmerzen!" Diese waren nämlich die einzige Krankheit, die Peter bis dahin kannte.

Es war aber auch eine sonderbare Kraft an dem Herz. Die Großmutter zeigte ihm, indem sie es mit der Hand rieb und einen kleinen Strohhalm in dessen Nähe legte, wie der Strohhalm gleichsam lebendig wurde und auf das Bernsteinherz zusprang, und es nicht lassen wollte.

II.

Der Sohn des Handelsherrn bekam einen Hauslehrer, der ihn allein unterrichtete und mit ihm allein spazieren ging. Peter sollte sich auch Kenntnisse erwerben, und er wurde in die Schule geschickt mit vielen anderen Knaben zusammen; sie spielten auch zusammen, und das war viel vergnüglicher, als ganz allein mit dem Lehrer zu gehen. Peter hätte nicht mit Felix getauscht.

Er war ein Glücks=Peter, aber der Pathe war auch ein Glücks=Peter, wenn er auch nicht Peter hieß. Er gewann in der Lotterie zwei hundert Thaler auf ein Loos, welches er mit elf Anderen zusammen spielte. Er bekam sofort bessere Kleider und befand sich sehr wohl in ihnen.

Das Glück kommt nun aber niemals allein, es hat stets eine Anstellung im Gefolge, und es hatte auch hier eine solche. Der Pathe Peters verließ den Kehrichtkarren und ging zum Theater.

„Was?" sagte die Großmutter, „er ist zum Theater gegangen? Als was?"

„Als Maschinenknecht."

Es war dies unleugbar eine Beförderung. Er wurde dabei ein ganz anderer Mensch und hatte viel Vergnügen an der Comödie, die er freilich stets von oben oder von der Seite sah. Am schönsten war das Ballet, aber es kostete auch die schwerste Arbeit und war sehr der Feuersbrunst ausgesetzt; hier tanzten sie sowohl im Himmel als auf Erden. Das war so 'was für den kleinen Peter, das müsse er sehen, und eines Abends, als grade Generalprobe, wie es hieß, von einem neuen Ballet sein sollte, in welchem Alle so gekleidet und ausgeputzt waren, wie an dem Abend an welchem die Leute Geld zahlen mußten, um die Herrlichkeit zu sehen, versprach der Pathe das Peterchen mitzunehmen und ihn an einen Ort zu setzen, von wo aus er das Ganze sehen könne.

Es war ein biblisches Ballet: Simson; die Philister umtanzten den Simson, und er riß das ganze Haus ein, daß es über sie und ihn zusammenstürzte; aber es waren Spritzen und Spritzenleute da, für den Fall, daß ein Unglück geschehen sollte.

Peter hatte noch nie eine Comödie, geschweige denn ein Ballet gesehen; er bekam seine Sonntagskleider an und ging nun mit seinem Taufpathen ins Theater. Es war wie ein großer Trockenboden mit Vorhängen und losen Wänden, langen Spalten in dem Fußboden, Licht und Lampen. Es waren eine Menge von Winkeln und Windungen da oben und unten, und aus diesen kamen sie heraus, die Menschen, wie in einer großen Kirche mit Pulpituren. Unten zog sich der Fußboden ganz schräge, und hier wurde Peter hingesetzt und ihm bedeutet, daß er ruhig sitzen solle bis das Ganze vorbei sei und man ihn abhole. In der Tasche hatte er drei Butterbrode, hungern sollte er nicht.

Bald wurde es hier heller; vorn kamen, gleichsam aus der Erde, eine Menge Spielleute mit Flöten und Violinen; auf den Sitzplätzen, wo Peter saß, kamen Leute, grade so angekleidet, wie die Leute auf der Straße, aber es kamen auch Ritter mit goldenen Helmen, wunderschöne Jungfrauen in Flor und Blumen, ja es kamen weißgekleidete Engel mit Flügeln auf dem Rücken zum Vorschein; die setzten sich oben und unten, auf den Fußboden und in den Pulpituren, als wollten sie zuschauen. Es waren insgesammt Tanzmenschen im Ballet, aber das wußte Peter nicht; er glaubte, sie gehörten in die Märchen, welche die Großmutter erzählt hatte. Ja, es kam ein Weib, es war das allerschönste, mit goldenem Helm und Spieß; das Weib schaute über alle die Andern hinaus und setzte sich zwischen einen Engel und eine Hexe. Nein, war hier viel zu sehen! und doch war das Ballet noch nicht angegangen.

Plötzlich wurde es ganz still, ein schwarzgekleideter Mann schwang einen kleinen Zauberstab über alle die Musikanten, und die begannen zu spielen, daß es durch sie sauste und brauste, und die ganze Wand hob sich. Man schaute in einen Blumengarten, in welchem die Sonne schien und alle Menschen tanzten und sprangen. So 'was Schönes hatte Peter sich nimmer gedacht. Es marschirten Soldaten und es war Krieg, und es war große lustige Gesellschaft; da war der Riese Simson und seine Liebste. Aber sie war eben so bös als sie schön war; sie verrieth ihn; die Philister stachen ihm die Augen aus, er mußte den Mahlgang in der Mühle drehen und wurde zum Gespött in dem großen Tanzsaale hingestellt; aber dann umfaßte er die schweren steinernen Säulen, welche die Decke trugen, und rüttelte und schüttelte sie und mit ihnen das ganze Haus; es stürzte zusammen und strahlte in Roth und Grün von den wunderschönsten Feuerflammen.

Peter hätte sein Leben lang dasitzen und das anschauen können, selbst wenn die Butterbrode verzehrt wären; und die waren verzehrt.

Und er hatte zu erzählen, als er nach Hause kam. Er war gar nicht zu Bette zu bringen; er stand auf einem Bein und legte das andere Bein auf den Tisch, so hatten es Simsons Liebste und alle die Jungfrauen gethan. Er ging Tretmühle um den Stuhl der Großmutter herum und warf zwei Stühle und ein Kopfkissen um und über sich, um zu zeigen, wie der Tanzsaal zusammenstürzte. So zeigte er Alles, ja gab es mit voller Musik, denn die gehörte dazu, im Ballet wurde nicht gesprochen. Er sang hoch und tief, mit Worten und ohne Worte, es war kein Zusammenhang darin, es war wie eine ganze Oper. Das Merkwürdigste von Allem war indeß seine schöne glockenreine Stimme; aber von der sprach Niemand.

Peter hatte sonst Lehrling in einem Materialladen sein wollen, damit er im Backobst und Zucker wühlen könne, jetzt wußte er, daß es etwas weit Herrlicheres gäbe, und das war „in die Geschichte Simson's hineinzukommen und Ballet tanzen." — Viele arme Kinder seien den Weg gegangen, sagte die Großmutter, und seien feine und sehr geehrte Leute geworden, aber einem Mädchen aus ihrer Familie würde sie nicht erlauben, den Weg zu gehen, einem Knaben, ja, der stände fester.

Peter hatte kein einziges der kleinen Mädchen fallen sehen ehe das ganze Haus fiel, aber dann fielen sie alle, sagte er.

III.

Peter wollte und müsse Ballettänzer sein.

„Er läßt mir ja keine Ruhe," sagte seine Mutter.

Endlich versprach die Großmutter, ihn zum Ballet=meister zu führen, der ein galanter Mann sei und sein eigenes Haus habe, wie der große Handelsherr. Würde Peter das auch einst erreichen können? Für den lieben Gott ist nichts unmöglich. Peter habe den Goldapfel in der Hand, das Glück sei ihm in die Hände gegeben, vielleicht sei es ihm auch in die Beine gelegt.

Peter kam zum Balletmeister und erkannte ihn sogleich, es war ja Simson. Seine Augen hatten gar nichts gelitten unter den Philistern. Das war auch nur Comödienspiel, das wußte er ja. Und Simson schaute ihn freundlich und vergnügt an, sagte, er solle sich gerade halten, ihn fest ansehen und seinen Spann herzeigen. Peter zeigte den ganzen Fuß und das ganze Bein dazu.

Jetzt sei er beim Ballet angestellt, sagte die Groß=mutter.

Beim Balletmeister war Alles leicht ins Reine ge=bracht, aber vorher hatten die Mutter und Großmutter doch Verschiedenes vorbereitet, mit einsichtsvollen Leuten gesprochen, erst mit der Frau des Handelsherrn, welche fand, daß es ein hübscher Weg für einen netten guten Knaben wie den Peter sei; darauf hatten sie Fräulein Frandsen gesprochen; sie wußte etwas vom Ballet, sie war selbst, als die Großmutter noch jung war, eine

wunderschöne Tänzerin beim Theater gewesen, hatte als
Göttin und Prinzessin getanzt, und sei gehuldigt und
gegrüßt worden, wohin sie getreten; aber sie wurde
älter, wie wir es Alle werden; sie bekam nicht mehr die
großen Rollen, mußte hinter der Jugend tanzen, zu=
letzt hörte sie ganz auf zu tanzen, ging zur Garde=
robe über, und schmückte die Anderen als Göttinnen
und Prinzessinnen.

„So geht es," sagte Fräulein Frandsen, „der
Theaterweg ist reizend, aber dornenvoll, auf ihm wächst
die Chicane! die Chicane!"

Das Wort verstand Peter gar nicht, aber er
würde es schon verstehen lernen.

„Aber er will nun mit aller Gewalt zum Ballet,"
sagte die Mutter.

„Und er ist ein frommer christlicher Knabe," sagte
die Großmutter.

„Und schön gewachsen!" sagte Fräulein Frandsen.
„Schön gewachsen und moralisch! das war meine Glanz=
periode."

Und Peter kam in die Tanzschule und bekam
Sommerkleider und dünne Tanzschuhe, um leicht zu sein.
Alle die alten Tänzerinnen küßten ihn und sagten, er
sei ein zu appetitlicher Junge, „reine weg zum Aufessen".

Er mußte sich aufstellen, die Beine und Füße
auswärts setzen, sich an einer Stange halten, um nicht
zu fallen, während er mit den Beinen ausschlagen
lernte, erst mit dem rechten, dann mit dem linken.
Ihm war das lange nicht so schwierig wie der Mehr=

zahl der Anderen. Der Balletmeister klopfte ihn auf die Schulter und sagte, er würde bald mit ins Ballet kommen; er sollte ein Königskind sein, welches auf Wappenschildern gehoben werde und eine goldene Krone trüge; das würde in der Tanzschule eingeübt und auf der Bühne probirt.

Mutter und Großmutter mußten hin und das Peterchen in all dem Staat sehen, und sie sahen ihn und weinten alle Beide, obgleich es so erfreulich war. Peter in all seiner Pracht hatte sie nicht gesehen, aber den Handelsherrn und dessen Frau hatte er gesehen, sie saßen in einer Loge ganz nahe an der Bühne; und da saß auch Felix in seinen besten Kleidern; er trug Handschuhe mit Knöpfen wie die erwachsenen Herren, und saß den ganzen Abend mit dem Glas vor den Augen, wie die erwachsenen Herren, obgleich er sehr gut sehen konnte. Er sah Peter an, und Peter sah ihn an, und Peter war ein Königskind mit goldener Krone auf dem Kopfe. Dieser Abend brachte die beiden Kinder in nähere Berührung mit einander

Einige Tage später, als sie einander zu Hause im Hofe begegneten, kam Felix auf Peter zu und sagte ihm, daß er ihn gesehen habe, als er Prinz war; er wisse schon, daß er es nicht länger sei, aber er habe sowohl die Kleider als die Krone getragen.

„Auf den Sonntag werde ich sie wieder tragen!" sagte Peter.

Das sah Felix nicht, aber er dachte den ganzen Abend daran; er hätte gern an Peters Stelle sein mögen; er hatte nicht die Erfahrung des Fräulein Frandsen, daß der Theaterweg dornenvoll sei und daß auf demselben die Chicane wachse; auch Peter wußte es noch nicht, aber er sollte es kennen lernen.

Die kleinen Kameraden, die Tanzkinder, waren nicht Alle so gut, wie sie hätten sein sollen, wenn sie auch oft als Engel mit Flügeln einhergingen. Es war unter ihnen ein kleines Mädchen, Namens Amalie Knallerup, und diese Amalie war oft mit Peter zusammen als Page gekleidet, und trat ihn dann boshafterweise ganz hoch auf die Beine hinauf, was an seinen Strümpfen zu sehen war; ein böser Knabe war da, der ihm immer eine Stecknadel hinten hinein steckte und eines Tages Peters Butterbrod aufgegessen hatte aus Versehen, aber das war unmöglich, denn Peter hatte das seinige mit Wurst belegt und der andere Knabe hatte bloßes Butterbrod; sich hier zu irren, war nicht möglich.

Es war nicht zu sagen, was Peter alles für Ungemach während zweier Jahre zu leiden hatte, und das Schlimmste war noch nicht geschehen, das stand bevor. Es wurde ein Ballet „der Vampyr" aufgeführt; in demselben waren die kleinsten Kinder als Fledermäuse gekleidet, trugen graue gestrickte Kleider, die eng an den Körper anlagen, und schwarze Flügel von Flor breiteten sich von den Schultern aus; die Kleinen hatten auf den Zehspitzen zu laufen, als wenn sie so leicht seien, daß sie flögen, und dann hatten sie sich in einem Wirbel auf dem Fußboden zu drehen. Das hatte nun grade Peter ganz besonders weg, allein seine

Hosen und Jacke, beide ein Stück und alt und mürbe, hielten die Anstrengung nicht aus, so daß er, grade indem er vor aller Leute Augen ringsum wirbelte, hinten platzte, vom Nacken ab und bis hinunter wo die Beine fest sitzen, und sein kurzes weißes Hemd zu sehen war.

Alle Menschen lachten, Peter vernahm das Lachen und wußte, daß er hinten geplatzt sei; er wirbelte und wirbelte, aber es wurde dadurch immer schlimmer. Die Leute lachten immer lauter, die anderen Vampyren lachten mit, es wirbelte in ihm und am entsetzlichsten wirbelte es, als die Leute klatschten und Bravo riefen.

„Das gilt dem geplatzten Vampyr!" sagten die Tanzkinder, und von nun an hießen sie ihn immer „den Geplatzten".

Peter weinte; Fräulein Frandsen tröstete ihn. „Das ist nur Chicane," sagte sie. Nun wußte Peter, was Chicane sei.

Außer der Tanzschule hatten sie beim Theater auch eine andere Schule, in welcher die Tanzkinder Rechnen und Schreiben, Geschichte und Geographie lernten, ja, sie hatten an der Schule einen Religionslehrer, denn es genügt nicht, daß man tanzen kann, es gehört mehr dazu, durch die Welt zu kommen. Auch in dieser Schule war Peter flink, ja er war der Allerflinkeste und bekam auch sein Lob; aber die Kameraden nannten ihn noch „der Geplatzte". Das thaten sie nun, blos um ihn zu foppen, aber endlich wollte er es nicht länger dulden, er holte aus und prügelte einen der anderen Knaben so, daß dieser unter dem linken Auge blau wurde und man ihm, da er Abends im Ballet zu tanzen hatte, die Stelle weißen mußte. Peter bekam böse Worte vom Tanzlehrer und noch bösere von der Kehrfrau, denn es war ihr Sohn, den er abgelehrt hatte.

IV.

Viele Gedanken durchkreuzten den Kopf des Peterchen, und eines Sonntags, als er in seinen besten Kleidern steckte, wanderte er, und zwar ohne die Mutter und Großmutter, ja selbst ohne Fräulein Frandsen, die doch sonst voll guten Raths steckte, ein Wort davon zu sagen, geraden Wegs zum Capellmeister; er meinte, der Mann sei außerhalb des Ballets der mächtigste. Frohen Muthes trat er ein und sprach:

„Ich bin in der Tanzschule, aber dort ist so viel Chicane, und deshalb wollte ich lieber zum Schauspiel übergehen oder zum Gesang, wenn Sie wollten!"

„Hast du Stimme?" fragte der Capellmeister und blickte ihn ganz freundlich an. „Mir scheint, ich sollte dich kennen. Wo habe ich dich doch früher gesehen? Warst du es nicht, der im Rücken platzte?" und dabei lachte er; aber Peter wurde über und über roth; er fühlte sich in diesem Augenblicke nicht grade als der Glücks=Peter, wie ihn auch die Großmutter nannte. Er blickte seine eigenen Füße an und wünschte, er wäre wieder fort.

„Singe mir was vor!" sagte der Capellmeister; „nun, frischen Muth, mein Sohn!" Er faßte ihn am Kinn und Peter blickte empor, blickte in des Capellmeisters freundliche Augen und sang nun ein Lied, welches er im Theater in der Oper „Robert" gehört hatte: „Gnade für mich!"

„Das ist ein schweres, aber es geht!" sagte der Capellmeister. „Du hast ja eine prächtige Stimme, wenn sie nur nicht auch im Rücken platzt!" und er lachte und rief seine Frau herbei. Auch sie mußte Peter singen hören und sie nickte mit dem Kopfe und sagte Etwas in einer fremden Sprache. In demselben Augenblick trat der Singemeister ein; er war es, den Peter hätte aufsuchen sollen, um den Gesangweg zu gehen; nun kam der Singemeister von selbst, zufälligerweise, wie es heißt; auch er hörte „Gnade für mich", aber er lachte nicht und sah gar nicht so freundlich aus wie der Capellmeister und dessen Frau, aber es wurde abgemacht, daß Peter Gesangstunden haben solle.

„Jetzt ist er ins rechte Gleis gerathen!" sagte Fräulein Frandsen; „man kommt weiter durch die Stimme, als durch die Beine! Hätte ich Stimme gehabt, so wäre ich eine große Sängerin geworden und wäre jetzt vielleicht eine Frau Baronin."

„Oder Buchbinder=Madame!" sagte Peter's Mutter. „Wären Sie reich geworden, Sie hätten doch wohl den Buchbinder genommen."

Diese Anspielung verstehen wir nicht, aber Fräulein Frandsen verstand sie.

Peter mußte ihr etwas vorsingen und mußte auch unten beim Handelsherrn singen, als man dort von seinem neuen Theaterweg vernahm. Er wurde eines Abends, als dort große Gesellschaft war, hinuntergerufen. Und er sang mehrere Lieder, auch das Lied: „Gnade für mich!"

Die ganze Gesellschaft klatschte und Felix auch, er hatte Peter früher singen hören; in der Stallthüre hatte er das ganze Ballet Simson gesungen, und das war reizend.

„Ein Ballet kann man nicht singen!" sagte die Frau des Handelsherrn.

„Ja, Peter kann es," sagte Felix, und nun wurde er aufgefordert, es zu thun.

Er sang und er sprach, er trommelte und er brummelte, es war Kinderei, aber er brachte Bruchstücke von bekannten Melodien zum Vorschein, die zu dem, was das Ballet wollte, nicht übel paßten. Die ganze Gesellschaft fand es sehr amusant, sie lachte und lobte, Einer lauter als der Andere. Die Frau vom Hause gab Peter ein großes Stück Kuchen und einen blanken Thaler.

Wie glücklich war der Knabe, bis er plötzlich einen Herrn entdeckte, der ein wenig in Hintergrunde stand und der ihn ernst anblickte; es lag etwas Hartes und Zorniges in den schwarzen Augen dieses Mannes, er lachte gar nicht, sprach kein einziges freundliches

Wort, und dieser Herr war der Singemeister am Theater.

Am darauf folgenden Mittag sollte Peter zu ihm kommen, und als er kam, stand ihm der Mann ebenso ernst und streng gegenüber, wie am Abend zuvor.

„Was sollte das heißen, gestern Abend?" sagte er zu Peter. „Begreifst du denn nicht, daß du dich zum Narren machtest? Thue das nicht wieder und laufe nicht umher, um vor den Thüren zu singen, sei es außen oder innen. Jetzt kannst du gehen! Heute singe ich nicht mit dir."

Peter ging recht sehr niedergeschlagen von dannen, er glaubte, er habe sich mit dem Meister überworfen. Im Gegentheil, der Meister war mehr als je wohlwollend gegen ihn gestimmt: in dem kleinen Knirps stecke vielleicht ein Musikgenie. In all dem tollen Zeug, das er da gestanden und zusammengebrauet, war doch einiger Sinn, etwas nicht Gewöhnliches. Befähigung zur Musik habe der Junge und die Stimme sei glockenrein und von großem Umfang; halte sie so vor, dann würde der kleine Mensch sein Glück machen.

Und nun begannen die Gesangsstunden; Peter war fleißig, Peter war flink. War da aber viel zu lernen, viel zu kennen! Die Mutter äscherte sich ab, um ehrlich durchzukommen und damit der Sohn rein und gut gekleidet gehen könne und nicht gar zu gering aussehen möge, wenn er bei solchen Leute käme, mit welchen er nun verkehrte.

Immer sang und jubelte er; sie hätten wahrlich

nicht nöthig, einen Kanarienvogel zu halten, sagte die Mutter. Jeden Sonntag mußte er mit der Großmutter einen Psalm singen. Wie wunderschön erhob sich seine frische Stimme neben der ihrigen. „Das ist viel schöner, als wenn er wild singt!" So nannte sie es, wenn er wie ein Vogel mit der Stimme hinausjubelte, wenn er die Töne, die von selbst kamen, klingen ließ, wie sie wollten. Was für Töne hatte die kleine Gurgel, welcher Klang in dieser kleinen Brust! Ja, er konnte ein ganzes Orchester nachahmen; in seiner Stimme waren Flöte und Fagott, Violine und Waldhorn. Er sang, wie die Vögel singen, doch am schönsten ist die Stimme des Menschen, wenn er so singen kann, wie der Peter.

Aber zur Winterzeit, grade um die Zeit, wo er zum Prediger gehen mußte, um für die Confirmation vorbereitet zu werden, erkältete er sich; der kleine Vogel in der Brust piepste nur noch, die Stimme war geplatzt wie der Rücken des Vampyrs.

„Das ist wahrlich kein Unglück!" meinte die Mutter und Großmutter; „jetzt trällert er nicht und kann über sein Christenthum ernstlich nachdenken."

Die Stimme sei im Uebergang begriffen, sagte der Singemeister; Peter durfte nun gar nicht singen. Wie lange könnte der Zustand wohl dauern? Ein Jahr, vielleicht zwei. Vielleicht komme die Stimme niemals wieder. Das war ein großer Kummer.

„Denke jetzt nur an deine Confirmation!" sagten die Mutter und Großmutter. „Uebe dich in der

Musik!" sagte der Singemeister, „aber halte deinen Mund!"

Und er dachte an sein Christenthum und stubirte Musik. In seinem Innern klang und sang es; er schrieb Noten, ganze Melodien, Lieder ohne Worte. Zuletzt schrieb er Worte.

„Du bist ja Dichter, Peterchen!" sagte die Frau des Handelsherrn, welcher er Text und Musik brachte; auch dem Handelsherrn widmete er ein Stück ohne Worte. Felix bekam auch eins, ja selbst Fräulein Frandsen, und das wurde in ihr Stammbuch gelegt, in welchem schon Verse und Musik von zwei jungen Lieutenants lagen, die nun alte Majors auf Wartegeld waren. Das Stammbuch war ein Geschenk von „einem Freunde", der es selbst gebunden hatte.

Und Peter wurde Ostern eingesegnet, wie es heißt. Felix schenkte ihm eine silberne Uhr; es war die erste Uhr, die Peter bekam; ihm dünkte, er würde dadurch ein Mann, er brauchte nicht Andere zu fragen, wie viel Uhr es sei. Felix kam in die Dachwohnung hinauf, gratulirte und überreichte die Uhr, er selbst würde erst zum Herbst confirmirt werden; und sie drückten sich die Hände, die beiden Kinder des Hauses, beide gleich alt, an demselben Tage und in demselben Hause geboren; und Felix aß von den Kuchen, die wegen der Confirmation in die Dachwohnung gebracht worden waren.

„Das ist ein Freudentag mit ernsten Gedanken!" sagte die Großmutter.

„Ja, viel Ernst!" sagte die Mutter. „Hätte doch der Vater gelebt und Peter heute gesehen!"

Am darauf folgenden Sonntage gingen alle Drei zum Tische des Herrn.

Als sie aus der Kirche zurückgekehrt waren, schickte der Singemeister zu ihnen und ließ bitten, daß Peter zu ihm kommen möchte, und Peter kam auch.

Es harrte seiner eine frohe und doch ernste Botschaft. Er sollte auf ein Jahr das Singen ganz einstellen, die Stimme sollte brach liegen wie ein Acker, würde ein Bauer sagen; aber während der Zeit sollte er 'was lernen, nicht in der Hauptstadt, wo er jeden Abend ins Theater liefe und die Comödie nicht entbehren könne, er sollte dreißig Meilen weit von seiner Heimath fort, sollte in Kost und Logis bei einem Schulmann, welcher noch ein paar junge Menschen in Pension hatte, wie man sagt; er sollte Sprachen und anderes Wissenschaftliche treiben, was ihm einst zu Gute kommen würde. Alles kostete das Jahr dreihundert Thaler und diese wurden von „einem Wohlthäter bezahlt, der nicht genannt sein wolle". — „Das ist der Handelsherr!" sagten Mutter und Großmutter.

Der Tag der Abreise kam. Es wurden viele Thränen geweint, es wurden Küsse und Segen gegeben; und darauf fuhr Peter auf der Eisenbahn dreißig Meilen in die weite Welt.

Es war Pfingstzeit; die Sonne schien, der Wald stand frisch und grün da, der Zug fuhr durch den Wald, Felder und Dörfer wechselten ab; Herrensitze blickten hervor; das Vieh stand in großen Triften auf dem Felde. Station folgte auf Station, Städtchen auf Städtchen. Bei jedem Anhaltepunkt war ein Menschengewimmel zum Willkommen und zum Abschied; es gab lautes Reden an den Wagen und in den Wagen. In dem, wo Peter saß, entfaltete eine Witwe in Trauer ihre Gesprächigkeit. Sie sprach von ihrem Grab, ihrem Sarg und ihrer Leiche, das heißt von der Leiche ihres Kindes. Das sei so elend gewesen, daß es keine Freude gebracht hätte, wenn es am Leben geblieben wäre. Es sei eine große Erleichterung für sie und für das Lämmchen gewesen, daß es einschlief.

„Ich sparte auch nicht an Blumen dabei!" sagte sie; „und es starb gerade in der theueren Zeit, wo sie von den Töpfen geschnitten werden müssen! Jeden Sonntag ging ich zu meinem Grabe und legte einen Kranz mit großer, weißer seidener Schleife darauf. Die Schleife wurde gleich von kleinen Mädchen gestohlen und zu Ballschleifen gebraucht. Das ist zu verlockend! — Da komme ich aber eines Sonntags; ich wußte, daß mein Grab im Hauptgange links war, aber wie ich da komme, so ist mein Grab rechts. Was ist das, sage ich zum Todtengräber, habe ich nicht mein Grab links?" — „„Nein, nicht mehr!"" antwortete er, „„Ihre Leiche, Madame, liegt noch da, aber das Obertheil des Grabes ist hinüber auf die rechte Seite gebracht, weil die Stelle einem Anderen schon gehört."" — „Aber ich will meine Leiche in meinem Grabe haben, und das hatte ich ja doch ein Recht zu sagen. Soll ich hier gehen und ein falsches Obertheil schmücken, während meine Leiche ohne Zeichen auf der anderen Seite liegt, das will ich nicht!" — „„Ja, dann müssen Sie mit dem Propste sprechen!"" — „Der Propst ist nun ein so lieber Mann, er erlaubte, daß meine Leiche auf die rechte Seite käme. Das würde aber fünf Thaler kosten. Die gab ich mit Kußhand und stand selbst dabei an dem alten Grabe. Kann ich nun aber auch gewiß sein, daß es mein Sarg und meine Leiche sind, die hinüber kommen?" sagte ich. — „„Ja, das können Sie, Madame!"" und so gab ich Jedem fünf Groschen für den Umzug. Da es mir nun aber so viel gekostet hatte, so dachte ich auch Etwas auf die Verschönerung verwenden zu müssen und so bestellte ich ein Monument mit Inschrift. Aber denken Sie sich nur, als ich es kriege, ist da in Vergoldung ganz oben ein Schmetterling gesetzt. Aber das ist ja der Leichtsinn, sagte ich, den will ich auf mein Grab nicht haben." — „„Das ist nicht der Leichtsinn, Madame, das ist die Unsterblichkeit!"" — „Das habe ich noch nie gehört! sagte ich; und hat denn Jemand hier im Wagen je Anderes gehört, als daß der Schmetterling das Zeichen des Leichtsinnes ist? Ich schwieg aber, ich liebe es nicht, ein Langes und Breites zu reden. Ich faßte mich, nahm das Monument und stellte es in meine Speisekammer; da blieb es stehen, bis mein Logirender nach Hause kam, er ist Student mit vielen Büchern; er bestätigte, daß es die Unsterblichkeit doch sei und so ließ ich denn auch das Monument aufs Grab setzen!"

Und während all dieses Geredes langte Peter auf der Station an, wo er bleiben sollte, um ebenso klug zu werden, wie der Student mit den vielen Büchern.

V.

Herr Gabriel, der sehr ehrenwerthe Gelehrte, bei welchem Peter in Pension sollte, war selbst auf dem Bahnhofe, um ihn zu empfangen. Herr Gabriel war ein gerippenhagerer Mann, mit großen glänzenden Augen, die so sehr hervorstanden, daß man, wenn er nießte, befürchten müsse, sie flögen ihm aus dem Kopfe heraus. Er war von drei seiner eigenen kleinen Knaben begleitet. Einer derselben fiel über seine eigenen Beine und die beiden anderen traten Peter auf die Füße, um ihn besser und richtig nahe zu sehen zu bekommen; außerdem waren zwei größere Knaben im Gefolge, von welchen der älteste ungefähr vierzehn Jahre alt, mit sehr weißem Teint, vielen Sommersprossen und Blüthen im Gesicht war.

„Der junge Madsen, in drei Jahren Student, wenn er fleißig ist! — Primus, Sohn eines Propstes!" Dieser war der Jüngere, er sah aus wie ein Milch=

brod. „Beide Pensionaire, Studirende bei mir!" sagte Herr Gabriel. Seine eigenen Knaben nannte er „Kleinkinderkram".

„Trine, nimm du den Koffer des Angekommenen auf den Schiebekarren," sagte er zum Dienstmädchen; „Essen für Sie ist zu Hause aufgehoben," sagte er zu Peter.

„Gefüllten Puterhahn!" sagten die beiden Herren Pensionaire.

„Gefüllten Puterhahn!" sagte der Kleinkinderkram und der Eine fiel wieder über seine eigenen Beine.

„Cäsar, gieb auf deine Füße Acht!" rief Herr Gabriel, und so schritten sie zur Stadt hinein und zur Stadt wieder hinaus. Da lag ein großes, halb= baufälliges Haus von Fachwerk mit Jasminlaubhütte nach der Straße hinaus; hier stand Madame Gabriel mit mehr „Kleinkinderkram", zwei Mädchen.

„Der neue Studirende!" sagte Herr Gabriel.

„Herzlich willkommen!" sagte Madame Gabriel, eine jugendliche, behäbige Frau, roth und weiß, mit Spucklocken und mit viel Pomade im Haar. „Gott, wie Sie ausgewachsen sind!" sagte sie zu Peter. „Sie sind ja eine ganz entwickelte Mannsperson! ich glaubte, Sie seien wie Primus oder der junge Madsen. Süßer Gabriel, wie gut, daß die Zwischenthür zugenagelt wurde. Du kennst meine Ansichten!"

„Dummes Zeug!" sagte Herr Gabriel, und Alle traten sie nun ins Haus. In der Wohnstube lag auf dem Tische ein aufgeschlagener Roman und auf dem=

selben ein Butterbrod; man war versucht zu glauben, es sei als Lesezeichen hingelegt, es lag quer über das offene Buch.

"Darf ich nun meiner Pflicht als Hausfrau obliegen?" sagte Madame Gabriel, und mit allen fünf Kindern und den beiden Pensionairen zusammen führte sie Peter durch die Küche, über den Vorsaal und in ein kleines Zimmer, dessen Fenster nach dem Garten gingen; hier sei sein Studir= und Schlafzimmer, es liege neben dem der Madame Gabriel, in welchem sie mit allen fünf Kindern zusammen schlief und zu welchem die Zwischenthüre anstandshalber und des Geredes der Leute wegen, "welches Niemanden schont", heut, auf ausdrückliches Verlangen der Madame von Herrn Gabriel selbst zugenagelt worden war.

"Hier bei uns werden Sie es haben, wie bei Ihren Eltern! Theater haben wir auch in der Stadt. Der Apotheker ist Director der "Privatgesellschaft", und dann haben wir auch reisende Schauspieler. Aber jetzt müssen Sie Ihren Puterhahn essen," und mit diesen Worten führte sie Peter in das Speisezimmer, in welchem Leinen gezogen waren und nasse Wäsche zum Trocknen hing.

"Das thut wohl nichts zur Sache!" sagte sie; "es gehört ja zur Reinlichkeit und daran sind Sie gewiß gewöhnt."

Und Peter setzte sich zum Puterhahn, während die Kinder des Hauses, nicht die beiden Pensionaire, die sich zurückgezogen hatten, eine dramatische Vorstellung, ihnen selbst und dem Fremden zum Vergnügen, zum Besten gaben.

Es waren kürzlich reisende Schauspieler im Städtchen gewesen, welche Schiller's „Die Räuber" aufgeführt hatten; die beiden ältesten Knaben waren davon ganz erfüllt und spielten sofort zu Hause das ganze Stück, alle Rollen, ungeachtet sie von diesen nur die Worte „Träume kommen aus dem Magen" behalten hatten. Aber diese wurden von ihnen Allen gesprochen, je nach Befinden mit den verschiedensten Betonungen. Da stand Amalia mit zum Himmel emporgehobenen Augen und träumerischem Blick; „Träume kommen aus dem Magen", sagte sie und barg ihr Gesicht in beide Hände. Carl Moor trat mit Heldenschritten auf und sprach: „Träume kommen aus dem Magen!" und darauf stürzte die ganze Kinderschaar ein, Knaben und Mädchen, Alle waren sie Räuber, und ermordeten einander unter dem Rufe: „Träume kommen aus dem Magen."

Das seien Schiller's „Die Räuber." Diese Vorstellung und gefüllten Puterhahn bekam Peter bei seinem Eintritt in das Haus des Herrn Gabriel.

Nun begab er sich nach seiner kleinen Kammer, deren von der Sonne stark versengte Fensterscheiben nach dem Garten gingen. Er setzte sich und blickte in den Garten hinaus; dort schritt Herr Gabriel einher, vertieft im Lesen eines Buches. Er näherte sich dem Fenster, blickte in die Kammer, seine Augen schienen auf Peter gerichtet zu sein, welcher ehrerbietig grüßte.

Herr Gabriel öffnete seinen Mund so weit er es vermochte, blöckte die Zunge heraus und bewegte sie nach allen Richtungen grade nach dem Gesicht des wahrhaft erschrockenen Peter, der nicht begreifen konnte, weshalb ihm solche Behandlung widerfahre. Darauf ging Herr Gabriel einige Schritte vom Fenster fort, kehrte aber wieder um und streckte wieder die Zunge vor dem Fenster aus.

Weshalb that er das? Er dachte nicht an Peter, auch nicht daran, daß die Fensterscheiben durchsichtig waren, er sah nur, daß man sich in denselben spiegeln konnte, und wollte deshalb, da er an verdorbenem Magen litt, seine Zunge sehen; aber das wußte Peter nicht.

Frühzeitig Abends zog Herr Gabriel sich auf sein Zimmer zurück und Peter folgte seinem Beispiele. Es war allmälig spät geworden. Er vernahm Zank, weiblichen Zank in Madame Gabriels Schlafstube.

„Ich werde zu Gabriel hinauf gehen und ihm sagen, was für Pack Ihr seid!"

„Wir werden auch zu Gabriel hinaufgehen und ihm sagen, was Sie sind, Madame."

„Ich bekomme die Krämpfe!" rief Madame Gabriel.

„Oho, die Madame kriegt die Krämpfe, das ist spaßhaft!"

Nun tönte die Stimme der Madame tiefer aber verständlich: „Was wird der junge Mensch drin von

unserm Haus denken, wenn er all diese Unanständig=
keiten hört!"

Und der Zank verlief sich und hörte auf; aber
bald erhob er sich wieder, immer lauter.

„Punktum fynalis!" rief die Madame, „geht
und macht Punsch! Lieber Vergleich und Friede, als
Zank!"

Und es wurde still; man ging drin mit den
Thüren, die Mädchen verließen das Zimmer, und Ma=
dame klopfte an die Thüre, die zu Peters Zimmer
führte:

„Junger Mann!" sagte sie, „ja jetzt haben Sie
einen Begriff von dem, was eine Hausfrau Alles leiden
muß. Danken Sie Gott, daß Sie kein Dienstmäd=
chen haben. Ich liebe den Frieden und deshalb gebe
ich Punsch. Ich gönnte Ihnen auch gern ein Glas,
man schläft reizend darnach, aber Niemand darf nach
zehn Uhr über die Flur gehen, das leidet mein Gabriel
nicht. Doch, Punsch sollen Sie trotzdem bekommen!
In der Thüre hier ist ein großes zugekittetes Loch, ich
stoße den Kitt aus, setze einen Trichter in das Loch,
Sie halten Ihr Wasserglas unter, und ich schenke
Ihnen Punsch ein. Es geschieht aber ganz im Geheimen,
auch geheim vor meinem Gabriel, ihn dürfen Sie mit
Haushaltungsangelegenheiten nicht fatiguiren."

Und nun bekam Peter Punsch, und es herrschte
Friede im Zimmer bei Madame Gabriel, Friede und
Stille im ganzen Hause. Peter ging zu Bette, dachte

an Mutter und Großmutter, sprach sein Abendgebet und schlief ein.

Das, was man die erste Nacht in einem fremden Hause träumt, ist von Bedeutung, hatte Großmutter gesagt. Peter träumte, er nehme das Bernsteinherz, welches er noch immer trug, und lege es in einen Blumentopf, wo es zu einem hohen Baum durch die Zimmerdecke und das Dach hindurchwuchs; derselbe trug Herzen zu tausenden von Silber und Gold; der Blumentopf platzte dabei und es fand sich kein Bernsteinherz mehr vor, es war zu Erde in der Erde geworden — war verschwunden, für immer verschwunden.

Darauf erwachte Peter, das Bernsteinherz hatte er noch und es war warm an seinem eigenen warmen Herz.

VI.

Am frühen Morgen hatte er die erste Unterrichtsstunde bei Herrn Gabriel; es wurde französische Sprache getrieben.

Beim Frühstück waren nur die Pensionäre, die Kinder und die Madame zugegen; sie trank ihren zweiten Kaffee; den ersten trank sie stets im Bette; "denn das sei gar zu gesund, wenn man die Möglich=

keit habe, Krämpfe zu bekommen!" Sie fragte Peter, was er heute gelesen habe. „Französisch," antwortete er.

„Das ist eine theure Sprache!" sagte sie, „es ist die Diplomaten-Sprache und die Sprache der Vornehmen. Ich habe sie in meiner Kindheit nicht gelernt, aber wenn man mit einem gelehrten Mann zusammen lebt, so erhält man von seinen Kenntnissen so viel, als hätte man sie mit der Muttermilch eingesogen. Ich kann so z. B. alle die nöthigen Worte. Ich glaube ganz bestimmt, daß ich mich in jedweder Gesellschaft compromittiren werde!"

Der junge Madsen übte immer seinen Witz an der Madame; unter anderm waren Tischtücher und Servietten, Betttücher und Handtücher und dergleichen alle mit S. G. gezeichnet, weil Madame Sophia hieß, aber Madsen las das S. G. immer wie die Censur „Sehr gut", und fügte überall, wo er dazu kommen konnte, mit Dinte ein Fragezeichen hinzu.

„Sie lieben Madame nicht?" fragte Peter, als der junge Madsen ihn in seinen Witz einweihte. „Sie ist so freundlich und Herr Gabriel so gelehrt."

„Sie steckt voll Lug und Trug!" sagte Madsen, „und Gabriel ist ein Schurke! Wenn ich nur Corporal und er Rekrut wäre, oh, wie würde ich ihn fuchteln!" und dabei sah Madsen ganz blutdürstig aus, seine Lippen wurden schmäler als sonst, und das ganze Gesicht schien eine einzige Sommersprosse zu sein.

Das waren entsetzliche Worte mit anzuhören; Peter fuhr ordentlich dabei zusammen, und doch hatte Madsen ganz recht, wie er es auffaßte; er dachte nämlich so: Es ist grausam von Eltern und Lehrern, daß sie einen Menschen zwingen, seine beste, schönste Jugendzeit darauf zu verwenden, Grammatik, Namen und Jahreszahlen zu lernen, um die kein Mensch sich kümmert, anstatt ihn seine Freiheit genießen, richtig Athem schöpfen und mit der Büchse über der Schulter in Wald und Wiese umherschlendern zu lassen. „Nein, eingesperrt wird man, auf der Bank muß man sitzen und sich in einem Buch schläfrig starren; so will es Herr Gabriel, und heißt Einen faul und giebt Einem schlechte Censur und schreibt gar an die Eltern darüber! Deshalb ist Herr Gabriel ein Schurke!"

„Ja, er haut auch!" fügte Primus hinzu, der mit Madsen ganz einig zu sein schien. Das war für Peter nicht erfreulich zu hören.

Allein Peter wurde nicht „gehauen", er war zu ausgewachsen, wie Madame sagte; er wurde nicht faul genannt, denn er war es nicht; er bekam zuletzt Stunden für sich allein, und eilte bald den beiden Anderen in Kenntnissen voraus.

„Er ist sehr befähigt!" sagte Herr Gabriel.

„Und man sieht, daß er in der Tanzschule gewesen ist," sagte Madame.

„Wir müssen ihn in unsere dramatische Gesellschaft haben!" sagte der Apotheker, welcher mehr für das Privattheater des Städtchens als für die Apotheke lebte. Böse Zungen sagten, er sei theatertoll, er müsse von einem tollen Schauspieler gebissen sein.

„Der junge Studirende ist ein geborener Liebhaber," sagte der Apotheker. „In zwei Jahren kann er den Romeo ausführen, ja ich glaube, daß er, wenn er gut gemalt wird und einen kleinen Schnurrbart bekommt, schon diesen Winter auftreten könnte."

Die Tochter des Apothekers, „ein großes dramatisches Talent", sagte der Vater, „eine wahre Schönheit", sagte die Mutter, sollte die Julia spielen, Madame Gabriel müsse die Amme sein, und der Apotheker, welcher Director und Regisseur in einer Person war, wollte die Rolle des Apothekers übernehmen; dieselbe sei zwar klein, aber von großer Wichtigkeit.

Alles hing nun davon ab, daß man von Herrn Gabriel die Erlaubniß erhielt, daß Peter den Romeo spielen dürfe.

Man müsse versuchen, durch Madame auf ihn einzuwirken, es verstehen, sie zu gewinnen, und das verstand der Apotheker.

„Sie sind eine geborene Amme!" sagte er, und glaubte ihr eine Schmeichelei zu sagen. „Die Rolle der Amme ist eigentlich die gesundeste in dem ganzen Stück!" fuhr er fort, „sie ist die Rolle des Humors. Ohne sie ist das Stück in seiner Traurigkeit nicht auszuhalten. Nur Sie, Madame Gabriel, besitzen den Humor und das Leben, die hier gleichsam sprudeln müssen!"

Sie fand dies ganz richtig, aber ihr Mann würde gewiß nie dem jungen Studirenden erlauben, das bischen Zeit zu verwenden, das doch verwendet werden müsse, um den Romeo zu spielen. Sie versprach indeß, ihn zu bearbeiten, wie sie es nannte. Der Apotheker begann sofort seine Rolle einzustudiren, namentlich an die Maske zu denken; er wollte ganz und gar Skelett, Armuth und Elend sein und doch der brave Mann; eine schwere Aufgabe; aber Madame Gabriel hatte eine noch schwerere in der „Bearbeitung" ihres Mannes; er könne es ja nicht verantworten, sagte sie, Peters Vorgesetzten gegenüber, die seine Kost und sein Logis bezahlten, daß er den jungen Menschen Tragödie spielen ließe.

Wir dürfen übrigens nicht verheimlichen, daß Peter die größte Lust dazu hatte. Aber es geht nicht!" sagte er.

„Es giebt sich!" sagte Madame. „Laß mich ihn nur bearbeiten." Lieber hätte sie mit Punsch tractirt, aber Punsch trank Herr Gabriel nicht gern. Eheleute sind oft ein wenig verschieden; was übrigens nicht gesagt sein soll, um Madame zu beleidigen.

„Ein Glas und nicht mehr!" meinte sie, „das erhebt das Gemüth und macht den Menschen fröhlich, und so muß es sein, so ist es der Wille Gottes mit uns!"

Peter sollte Romeo spielen; das wurde von Madame bearbeitet und durchgesetzt.

Die Leseprobe wurde beim Apotheker abgehalten. Die Künstler bekamen Chocolade und „Genien", das heißt kleine Zwiebacke. Man bekam beim Bäcker zwölf solche für einen Dreier, und da sie so sehr klein und so viel waren, so wurde es ein Witz, sie „Genien" zu nennen.

„Das ist ein Leichtes, die Leute zum Narren zu haben!" sagte Herr Gabriel, aber er hatte doch selbst für Dieses und Jenes einen Spottnamen. Das Haus des Apothekers nannte er „Noäh Arche mit den Reinen und Unreinen" und zwar wegen der Liebe, mit welcher die Hausthiere dort in der Familie aufgenommen waren. Das Fräulein hatte ihre eigene Katze, Graciosa, reizend und vom weichsten Fell; sie lag im Fenster, im Schoße, auf dem Nähzeug, oder lief über den gedeckten Mittagstisch hin; die Apothekerfrau hatte einen Hühner- und Entenhof, einen Papagei und Canarienvögel; der Papagei überschrie sie Alle. Zwei Hunde, Flick und Flock, gingen im Zimmer umher, sie lagen auch auf Sophas und im Ehebette.

Die Leseprobe begann und wurde nur auf einen Augenblick dadurch unterbrochen, daß die Hunde das neue Kleid der Madame Gabriel besabberten, aber das geschehe aus lauter Freundlichkeit und gebe gar keine Flecke. Die Katze brachte auch ein wenig Störung, sie wollte durchaus der Darstellerin der Julia die Pfote geben, auf ihrem Kopfe sitzen und mit dem Schwanze wedeln. Die zärtliche Rede Julia's theilte sich gleich sehr zwischen der Katze und Romeo. Jedes

Wort, welches Peter zu sagen hatte, war gerade so, wie er es der Tochter des Apothekers sagen wollte und sagen müsse. Wie anmuthig, wie rührend war sie, ein Kind der Natur; sie ging, wie Madame Gabriel sich ausdrückte, neben ihrer Rolle einher. Peter wurde ganz warm dabei.

Es mochte wohl der Instinkt oder etwas Höheres bei der Katze sein, was sie veranlaßte, sich auf Peter's Schulter zu setzen und dadurch die Sympathie zwischen Romeo und Julie gleichsam bildlich darzustellen.

Bei jeder späteren Probe wurde die Innigkeit voller und klarer, die Katze vertrauter, der Papagei und die Canarienvögel schreiender; Flick und Flock liefen dabei ein und aus.

Der Abend der Vorstellung kam heran. Peter war ganz Romeo, er küßte Julia direkt auf den Mund.

„Wie schön natürlich!" sagte Madame Gabriel.

„Wie unverschämt!" sagte der Stadtrath, Herr Swendsen, der reichste Bürger und dickste Mann des Städtchens. Das Wasser lief ihm aus innerer Hitze und wegen der Hitze im Hause übers Gesicht herab. Peter fand in seinen Augen keine Gnade: „So ein dummer Junge!" sagte er, „so lang, daß man ihn durchbrechen und zwei dumme Jungens aus ihm machen könnte!"

Große Bewunderung und ein Feind! Das war gut davon gekommen. Ja, Peter war ein Glücks=Peter.

Ermüdet und überwältigt von den Anstrengungen und der Huldigung des Abends, kehrte er in sein kleines Zimmer zurück. Es war über Mitternacht; Madame Gabriel klopfte an die Wand.

„Romeo! ich habe Punsch!"

Und der Trichter wurde durch die Thüre gesteckt und Peter=Romeo hielt sein Glas unter.

„Gute Nacht, Madame Gabriel!"

Aber Peter konnte nicht einschlafen; Alles, was er gesagt, und namentlich Alles, was Julia gesagt hatte, durchbrauste seinen Kopf, und als er endlich schlief, träumte ihm von Hochzeit — Hochzeit mit Fräulein Frandsen. Was man alles für wunderliches Zeug träumen kann!

VII.

„Jetzt schlagen Sie sich dieses Comödienspiel aus dem Kopfe!" sagte Herr Gabriel am nächsten Morgen; „wir wollen nun rechtschaffen auf die Wissenschaft losgehen."

Peter hätte beinahe wie der junge Madsen gedacht: „daß man so seine schöne Jugendzeit verwenden muß, um eingepfercht zu werden und über dem Buche zu sitzen!" Als er aber bei dem Buche saß, leuchtete

ihm so viel Neues und Gutes aus demselben in seinen
Gedanken ein, daß er ganz davon erfüllt wurde. Er
las von den großen Männern der Welt und von ihren
Thaten; gar viele von ihnen seien die Kinder armer
Leute gewesen: der Held Themistokles sei der Sohn
eines Töpfers, Shakespeare ein armer Weberjunge ge=
wesen, der als junger Mensch die Pferde vor dem
Theater hielt, bei welchem er später der mächtigste
Mann der Dichtkunst für alle Lande und alle Zeiten
wurde. Er las von dem Sängerkampf auf der Wart=
burg, wo die Dichter wetteiferten, die schönste Dichtung
darzubringen, einem Kampf gleich den Wettstreiten der
alten griechischen Poeten bei den großen Volksfesten.
Von diesen erzählte Herr Gabriel mit besonderer Vor=
liebe. Sophokles habe im hohen Greisenalter eine
seiner besten Tragödien geschrieben und vor allen An=
deren den Siegespreis gewonnen; vor Freude über
diese Ehre, dieses Glück brach sein Herz. Oh, wie
herrlich schön, so inmitten seiner Siegesfreude zu
sterben! Erfüllt von Gedanken und Träumereien war
unser kleiner Freund Peter, allein er hatte Niemand,
gegen den er sich aussprechen konnte. Von Madsen
und Primus würde er nicht verstanden werden, auch
nicht von Madame Gabriel; sie war entweder lauter
guter Laune, oder auch lauter trauernde Mutter; als
letztere saß sie da, in Thränen aufgelöst; ihre beiden
kleinen Mädchen schauten sie verwundert an; diese so
wenig wie Peter vermochten es herauszufinden, weshalb
sie so sehr betrübt und voll Kummer sei.

"Die armen Kinder!" sagte sie dann; "eine Mutter denkt stets an deren Zukunft. Die Knaben kommen schon durch. Cäsar fällt, aber er erhebt sich wieder! die zwei älteren plätschern immer im Waschfaß, die werden zur Marine gehen können und werden schon gute Partien machen, aber meine kleinen Mädchen! — wie wird ihre Zukunft sich gestalten; sie werden das Alter erreichen, in welchem das Herz empfindsam wird, und dann bin ich überzeugt, daß derjenige, den jede von ihnen lieb hat, ganz und gar nicht nach dem Sinne Gabriel's sein wird, er wird ihnen Einen geben, den sie nicht ausstehen können, und dann werden sie unglücklich! Daran denke ich als Mutter und das ist meine Betrübniß, mein Kummer! Ihr armen Mädchen! Ihr werdet sehr unglücklich werden!" Und Madame Gabriel weinte.

Die kleinen Mädchen schauten sie an, Peter schaute sie an, wehmüthig gestimmt; er wußte nichts zu sagen, und so zog er sich in sein Kämmerchen zurück, setzte sich an das alte Clavier und entlockte demselben Töne, Phantasien, wie sie aus seinem Herzen quollen.

Am frühen Morgen ging er hellen Kopfes an seine Studien und lag seiner Pflicht ob; deshalb wurde ja für ihn bezahlt. Er war ein gewissenhafter, recht= schaffener Mensch; in seinem Tagebuche schrieb er nieder, was er jeden Tag gelesen und gelernt, wie spät in der Nacht er sich ans Clavier gesetzt und gespielt habe, stets leise, gedämpft, um nicht Madame Gabriel zu wecken. Nur Sonntags, als am Ruhetage, stand im Tagebuche: „An Julia gedacht", „war beim Apotheker," „ging an der Apotheke vorüber", „an Mutter und Großmutter einen Brief geschrieben". Peter war noch Romeo und der gute Sohn.

„Außerordentlich fleißig!" sagte Herr Gabriel. „Nehmen Sie sich ein Beispiel an ihm, junger Madsen, Sie fallen beim Examen durch."

„Der Schurke!" sprach Madsen in sich hinein.

Primus, der Propstensohn, litt an Schläfrigkeit. „Das ist eine Krankheit," sagte die Propstin; er durfte nicht strenge behandelt werden.

Die Pfarrwohnung des Propstes lag nur zwei Meilen von dem Städtchen entfernt, und dort war Reichthum und Herrschaftlichkeit.

„Der Mann wird es noch zum Bischof bringen!" sagte Madame Gabriel. „Er hat gute Conjugationen beim Hofe, und die Propstin ist ein hochadeliges Fräulein, sie weiß die ganze Heroldik, das ist die Waffenlehre, auswendig."

Es war Pfingsten. Ein Jahr war schon verstrichen, seit Peter in Herrn Gabriel's Haus gekommen; Kenntnisse hatte er gewonnen, aber die Singstimme war nicht wieder gekommen; ob sie wohl je wiederkehren würde?

Das Haus Gabriel war beim Propste zu großem Mittag und Ball bis in die Nacht hinein eingeladen. Es kämen dort viel Gäste aus der Stadt und von umliegenden Herrensitzen; die Apothekerfamilie war eingeladen, Romeo sollte seine Julia wiedersehen, vielleicht den ersten Tanz mit ihr tanzen.

Es war ein wohlgehaltener Pfarrhof, weiß berappt und ohne Misthaufen im Hofe, mit grün angestrichenem Taubenschlag, um welchen sich Immergrün rankte. Die Propstin war eine hohe, volle Dame: „glaukopis Athene" nannte Herr Gabriel sie; „die Blauäugige", nicht „die Kuhäugige", wie Juno genannt wird, meinte Peter. Es war an ihr etwas vornehm Sanftes, ein Streben, das Kränkliche darzustellen; sie litt gewiß an Schläfrigkeit, wie Primus. Sie war in seidenem Kornblumen-Kleide und trug große Locken; die Locke rechts wurde gehoben durch ein großes Medaillonportrait von ihrer Großmutter, der Frau Generalin, und die zur Linken von einem eben so großen Traubenbüschel von weißer Emaille.

Der Propst hatte ein pauschwangiges, rothbackiges Gesicht mit glänzendweißen Zähnen, dazu angethan, in einen gebratenen Rehrücken tapfer einzubeißen. Seine Conversation bestand stets in Anekdoten; er konnte sich mit jedem Menschen unterhalten, aber Niemand hatte jemals ein Gespräch mit ihm geführt.

Auch der Herr Stadtrath war da, und unter den Gästen von den Herrensitzen bemerkte man Felix, den Sohn des Handelsherrn; er war jetzt confirmirt und ein eleganter junger Herr in Kleidern und Manieren; er sei Millionair, sagte man; Madame Gabriel hatte nicht den Muth, ihn anzusprechen.

Peter war hocherfreut, Felix zu sehen, der ihm

sehr freundlich entgegentrat und ihm Grüße von seinen Eltern brachte; sie läsen, sagte er, alle die Briefe, die Peter an Mutter und Großmutter schrieb.

Der Ball begann. Die Tochter des Apothekers sollte den ersten Tanz mit dem Stadtrath tanzen, das Versprechen hatte sie zu Hause ihrer Mutter und dem Stadtrath geben müssen. Der zweite Tanz wurde Peter zugesagt, aber Felix kam heran und bemächtigte sich der Julia ohne weitere Ceremonien als ein freundliches Kopfnicken.

„Sie erlauben, daß ich diesen einen Tanz mit ihr tanze! Das Fräulein willigt indeß nur ein, wenn Sie es erlauben," sprach er zu Peter.

Peter machte ein höfliches Gesicht, sagte Nichts, und Felix tanzte mit der Tochter des Apothekers, der schönsten Dame auf dem ganzen Ball. Er tanzte auch den nächsten Tanz mit ihr.

„Den ersten Tanz nach Tische vergönnen Sie mir doch wohl?" fragte Peter mit blasser Miene.

„Ja, der Tanz gehört Ihnen!" sagte sie mit reizendem Lächeln.

„Sie wollen mir doch wohl meine Tänzerin nicht entführen?" sagte Felix, welcher in der Nähe stand. „Das nenne ich nicht Freundschaft. Wir beiden alten Freunde aus der Stadt! Sie sagen, Sie freuen sich, mich wiederzusehen! Nun, so vergönnen Sie mir auch die Freude, das Fräulein zu Tische zu führen!" und er umfaßte Peter mit einem Arm und drückte scherzend seine Stirn an die seinige. „Erlaubt! Nicht wahr? Erlaubt!"

„Nein!" sagte Peter und seine Augen leuchteten im Zorn.

Felix sprang scherzweise ein paar Schritte zurück, als fürchte er sich vor ihm; darauf sagte er: „Sie haben vollkommen Recht, junger Herr! Ich würde auch Nein sagen, wenn mir der Tanz versprochen wäre, mein Herr!" — und er zog sich zurück mit einer eleganten Verbeugung vor der jungen Dame. Aber eine Weile darauf, als Peter allein in einem Winkel stand und an seiner Cravatte zupfte, kam Felix auf ihn zu, legte den Arm um seinen Hals und sagte mit einem höchst einschmeichelnden Blick:

„Seien Sie unvergleichlich! Meine Mutter und Ihre Mutter und die alte Großmutter werden Alle sagen, daß es Ihnen ähnlich sieht! Ich verlasse morgen diese Gegend, und ich werde mich zu Tode langweilen, wenn ich die junge Dame nicht zu Tische führen kann. Mein lieber, einziger Freund!"

Da war der Widerstand Peter's gebrochen, als einziger Freund konnte er denselben nicht mehr behaupten; er selbst führte Felix der jungen Schönheit zu.

Als die Gäste den Pfarrhof des Propsten verließen, war es heller Morgen. Das Haus Gabriel befand sich in einem Wagen für sich, und das ganze Haus, außer Peter und der Madame, schlummerte.

Sie sprach von dem jungen Herrn Felix, dem jungen Handelsherrn, dem Sohn des reichen Mannes, der ja Peter's Freund sei, wie sie selbst ihn hatte sagen hören: „Ihre Gesundheit, mein Freund!" „Und Mutter und Großmutter sollen leben!" „Wie negligent, wie galant!" sagte sie, „man sieht sogleich, daß er ein Kind des Reichthums oder ein Grafenkind ist. Das können wir Anderen uns nicht aneignen! Da muß man sich beugen!"

Peter sagte Nichts. Er trug den ganzen Tag schwer an den Ereignissen im Pfarrhofe des Propsten. Als er sich Abends zur Ruhe legte, verjagten sie den Schlaf. Es sprach in seinem Innern: „man beugt sich und fügt sich!" — das hatte er gethan, er war dem Sohn des Reichthums zu Willen gewesen, — „weil man arm geboren ist, abhängig von diesen Reichgeborenen gestellt ist. Sind sie denn besser als wir? Und weshalb wurden sie besser geschaffen als wir?"

Es erhob sich etwas Böses in ihm, Etwas, worüber Großmutter sich betrübt haben würde. Er dachte an sie. Arme Großmutter! Auch du bist so arm gestellt worden. Und das hat Gott thun können! Und er fühlte, wie sein Sinn in Zorn glühte, aber es kam ihm auch zu gleicher Zeit das Gefühl, daß er dadurch in Gedanken und Worten gegen den lieben Gott sündigte. Er trauerte darüber, daß er das kindliche Gemüth verloren hatte, und doch besaß er es gerade jetzt so ganz und reich. Glücklicher Peter!

Eine Woche später kam ein Brief von der Großmutter an. Sie schrieb, wie sie eben schreiben konnte, große und kleine Buchstaben unter einander, die ganze

Liebe ihres Herzens im Großen und Kleinen, in Allem, was Peter betraf.

„Mein lieber, süßer Herzensjunge!

Ich denke an dich, ich sehne mich nach dir, und das thut die Mutter auch. Es geht ihr gut, sie wäscht! Und Herr Felix war gestern bei uns mit Gruß von dir. Ihr seid zum Ball beim Propsten gewesen, und du bist so honnet gewesen! Das wirst du immer bleiben und deine alte Großmutter erfreuen und auch deine sehr arbeitsame Mutter; sie meldet dir von Fräulein Frandsen."

Und nun folgte eine Nachschrift von Peter's Mutter:

„Fräulein Frandsen heirathet, die alte Person! Buchbinder Hof ist auf sein Gesuch Hofbuchbinder mit großem Schild: „Hofbuchbinder Hof" geworden, und sie wird Madame Hof; das ist alte Liebe, die rostet nicht, mein süßer Junge!

Deine Mutter."

Zweite Nachschrift: Großmutter hat dir sechs Paar wollene Socken gestrickt; die bekommst du mit Gelegenheit; ich habe ein Stück Speckkuchen, dein Leibessen, eingelegt, ich weiß, daß du bei Herrn Gabriel gar keinen Speck kriegst, weil Madame sich fürchtet vor dem, was ich schwer zu buchstabiren habe, vor Truchinen. Du sollst an sie nicht glau=
ben, aber nur essen.

Deine eigene Mutter."

Peter las den Brief und las sich sein frohes Gemüth wieder an. Felix sei brav, wie habe er ihm doch Unrecht gethan. Sie hatten sich an jenem Abend beim Propsten ohne Abschied getrennt. „Felix ist besser als ich!" sagte Peter.

VIII.

In einem stillen Leben schiebt der eine Tag sich in den anderen, ein Monat nach dem anderen verstreicht bald; Peter war schon im zweiten Jahre seines Aufenthalts bei Herrn Gabriel, welcher mit strengem Ernst und mit Bestimmtheit, die Madame nannte es Besonnenheit, darauf hielt, daß er nicht öfter die Bühne betrat.

Auch der Singmeister, welcher monatlich das Honorar für seinen Unterricht und Unterhalt auszahlte, hatte ihm ernstlich ins Gedächtniß gerufen, daß er nicht an Comödienspiel denken dürfe, so lange er bei Herrn Gabriel sei; und er gehorchte, aber seine Gedanken wanderten um so öfter nach dem Theater der Hauptstadt; sie gaukelten über die Bühne hin, auf welcher er als großer Sänger hätte auftreten sollen; jetzt war die Stimme fort, sie kam nicht wieder; hierüber war er oft innig betrübt. Wer vermochte ihn zu trösten? Weder Herr Gabriel noch Madame, aber der liebe Gott that es. Trost ist auf manche

Weise zu finden, Peter fand ihn schlafend, er war ja der Glücks=Peter.

Eine Nacht träumte ihm, es sei Pfingsten und er sei im herrlichen grünen Wald, wo die Sonne durch die Baumzweige strahlte und der ganze Waldboden voll Anemonen und Schlüsselblumen stehe. Dann beginnt der Guckuck sein „guckuck!" Wie viele Jahre habe ich zu leben? frägt Peter, denn die Frage stellt man stets dem Guckuck, wenn man ihn zum ersten Male im Jahre schreien hört, — und der Guckuck antwortete: „guckuck!" aber auch nichts mehr, und so schwieg er.

„Werde ich nur noch ein Jahr leben!" sagte Peter, „das ist wirklich gar zu wenig. Sei so gut, und guckucke mehr!" Und der Vogel begann auch von Neuem: „guckuck! guckuck!" — ja das wollte gar kein Ende nehmen; er fuhr fort, so daß Peter zuletzt mit guckuckte und das so leibhaftig, als wäre er selbst ein Guckuck, allein sein Guck wurde immer stärker und voller, alle Singvögel zwischerten mit, Peter sang ihnen nach, aber viel schöner; er hatte seine ganze helle Kinderstimme und jubelte im Gesang. Wie war er herzensfroh; er erwachte dabei, erfreut darüber, daß der Klangboden noch in ihm sei, daß die Stimme noch rein in der Brust liege und ein neuer Pfingstmorgen schon in all seiner Frische erscheinen werde; und darauf schlief er erfreut ob dieser Vergewisserung.

Aber weder am nächsten Tage, noch nach Wochen oder Monaten spürte er etwas davon, daß die Stimme wiederkehre.

Jede Nachricht, die er vom Theater in der Hauptstadt erhaschen konnte, war ihm eine wahre Seelenspeise, war sein geistiges Brod. Krumen sind auch Brod, und er nahm vorlieb mit Krumen, mit der unbedeutendsten Nachricht.

Der Eisenwaarenhändler war der Nachbar Gabriel's; die Madame desselben, eine sehr ehrenwerthe Hausfrau, lebhaft und lachend, aber ohne alle Kenntniß vom Theater, war zum ersten Male in der Hauptstadt gewesen und war entzückt über Alles dort, selbst über die Menschen; die hatten über Alles, was sie gesagt, gelacht, versicherte sie, und das war gar nicht unglaublich.

„Waren Sie auch im Theater?" fragte Peter.

„Ja, das war ich!" antwortete die Frau. „Wie ich dampfte! Sie hätten mich sehen sollen, wie ich da in der Hitze saß und dampfte!"

„Aber was sahen Sie? Welches Stück?"

„Das werde ich Ihnen erzählen," sagte sie, „ich werde Ihnen die ganze Comödie erzählen. — Ich war da zwei Mal. Den ersten Abend war es ein Redestück. Da kam sie, die Prinzeß: „„abe, babe! äbe, bäbe!"" Wie die reden konnte! Darauf kam die Mannsperson: „„abe, babe! äbe, bäbe!"" und so plumpste die Madame! Aber dann fingen sie wieder an; der Prinz: „„abe, babe! äbe, bäbe!"" Und so plumpste die Madame! Sie plumpste fünf Mal an dem Abend. Das zweite Mal ging die ganze Geschichte auf Gesang: „„abe, babe! äbe, bäbe!"" und so plumpste die Madame. Nun saß neben mir eine sehr nette Frau vom Lande; sie war noch nie im Theater gewesen und glaubte, es sei nun vorbei; aber ich, die ich das nun kannte, sagte: als ich das vorige Mal hier war, plumpste die Madame fünf Mal. An dem Gesang=Abend plumpste sie nur drei Mal. — Ja, da haben Sie die beiden Comödien, so leibhaftig wie ich sie sah!"

War das eine Tragödie, die sie gesehen hatte? immer plumpste die Madame. Endlich ging ihm ein Licht auf: Im großen Theater war an dem Vorhang, welcher in den Zwischenacten herabgelassen wurde, eine große weibliche Figur, eine Muse mit der komischen und tragischen Maske gemalt. Das war die Madame, die plumpste; das war die eigentliche Comödie gewesen, was gesprochen und gesungen wurde, war der Frau des Eisenkrämers „abe, babe, äbe, bäbe" gewesen, aber ein großes Vergnügen sei es gewesen, und das war es auch dem Peter und nicht weniger Madame Gabriel, welche diese Art und Weise den Inhalt der Stücke wiederzugeben mit anhörte; sie saß dabei mit dem Aus=druck des Erstaunens und dem Gefühl geistiger Ueber=legenheit; hatte sie doch als Amme Shakespeares „Romeo und Julia" getragen, wie der Apotheker sagte.

„Die Madame plumpst" wurde später, nachdem Peter den Ausdruck erklärt hatte, ein Witzwort im Hause Gabriel und stets angewendet, wenn ein Kind, eine Tasse oder sonst Etwas zu Boden fiel.

„Ja auf diese Weise entstehen Sprichwörter und

Redensarten!" sagte Herr Gabriel, welcher Alles auf die Wissenschaft bezog.

Am Neujahrsabend, Punkt Zwölf, standen die Familie Gabriel und die Pensionäre, jedes Individuum mit einem Glas Punsch in der Hand, was den Hausherrn betraf, das einzige, welches er im ganzen Jahre trank, denn Punsch ist vom Uebel für einen schwachen Magen. Sie stießen an und ließen das neue Jahr leben und zählten die Glockenschläge: eins, zwei, drei bis zum zwölften Schlage! „Da plumpst die Madame!" sagten sie.

Das neue Jahr rollte auf und rollte dahin; zu Pfingsten würde Peter zwei Jahr im Hause Gabriel gewesen sein.

IX.

Zwei Jahre waren verstrichen, allein die Stimme war nicht wiedergekommen. Wie würde sich die Zukunft unserem jungen Freunde stellen?

Er könne immerhin Stundenlehrer in irgend einer Schule werden, meinte Herr Gabriel, das sei doch wenigstens ein Brod, wenn auch nicht gerade um sich zu verheirathen, allein daran dachte Peter noch nicht, einen wie großen Platz auch die Tochter des Apothekers in seinem Herzen einnahm.

„Stundenlehrer!" sagte Madame Gabriel, „Schul=

mann! Dann werden Sie so ein langweiliger Brumm= bär wie mein Gabriel. Sie sind ja ein geborener Theatermensch! Werden Sie der größte Schauspieler der Welt, das ist etwas Anderes als Stundenlehrer!"

Schauspieler! Ja, das war das Ziel.

Er sprach dies in einem Brief an den Singe= meister aus, sprach seine Lust und seine Hoffnung aus. Recht innig sehnte er sich nach der großen Heimath= stadt, in welcher die Mutter und Großmutter lebten, die er zwei lange Jahre nicht gesehen hatte. Die Ent= fernung betrug nur dreißig Meilen; in sechs Stunden konnte er mit dem Schnellzug hinfahren. Weshalb hatten sie sich denn nicht gesehen?

Das ist kurz gesagt. Peter hatte beim Abschied das Versprechen geben müssen, zu bleiben, wo er hinkam, und nicht an Besuch zu denken. Seine Mutter hatte vollauf mit Waschen und Plätten zu thun; dessenun= geachtet dachte sie mehrere Male daran, die große Reise zu machen, wenn sie auch schweres Geld kosten würde, aber sie wurde doch nie gemacht.

Großmutter, ja, sie hatte ein wahres Entsetzen vor den Eisenbahnen; die forderten den Zorn Gottes heraus. Nichts solle sie dazu bringen, mit Dampf zu fahren; sei sie doch auch eine alte Frau, sie würde keine Reise machen, bevor sie zum lieben Gott hinaufreise.

So sprach sie im Mai — aber im Juni reiste die alte Frau, ganz allein die dreißig langen Meilen, nach der fremden Stadt, zu den fremden Menschen, um zu Peter zu gelangen. Das war ein großes Er=

eigniß, das traurigste, welches Mutter und Großmutter passiren konnte.

Der Guckuck hatte ins Unendliche geguckuckt, als Peter ihn zum zweiten Male fragte: „Wie viele Jahre habe ich zu leben?" Die Gesundheit war gut und das Gemüth frisch, und das warf den goldenen Sonnenschein auch in die Zukunft hinein. Er hatte einen lieben Brief von seinem väterlichen Freund, dem Singemeister, erhalten. Peter sollte zurück nach der Hauptstadt kommen, man wolle sehen, was für ihn gethan werden, welchen Weg er einschlagen könne, wenn die Stimme fort sei.

„Treten Sie als Romeo auf!" sagte Madame Gabriel, „jetzt sind Sie alt genug für das Fach der Liebhaber und haben Fleisch auf den Knochen. Sie brauchen nicht gemalt zu werden."

„Sei Romeo!" sagten der Apotheker und des Apothekers Tochter.

Es brausten viele Gedanken durch seinen Kopf und sein Herz. Aber: „Niemand weiß, was Morgen geschieht."

Er saß unten im Garten, der sich bis nach der Wiese erstreckte. Es war Abend und Mondschein. Seine Wangen glühten, sein Blut glühte, die Luft fächelte herrliche Kühlung. Ueber die Wiese schwebte der Nebel dahin, der erhob sich und senkte sich, er mußte an den Tanz der Elfen denken. Da erinnerte er sich des alten Liedes vom Ritter Olaf, welcher ausritt, um Gäste zu seiner Hochzeit einzuladen, aber von den Elfen aufgehalten wurde, die ihn in ihren Tanz und in ihr Spiel hineinzogen, und das wurde sein Tod. Es war ein altes Volkslied, eine alte Dichtung; der Mondschein und der Nebel auf der Wiese gestalteten Bilder zu dem alten Liede.

Peter saß bald halb träumend und schaute dem zu. Jeder Busch schien irgend Etwas von der Gestalt des Menschen und auch Etwas von der des Thieres anzunehmen; sie standen unbeweglich da, die Nebel dagegen hoben sich wie luftige, wogende Schleier. Solches hatte Peter im Ballet auf der Bühne gesehen, wo die Elfen kreisend, schwebend mit Schleiern von Flor dargestellt werden, allein hier war es weit schöner, weit wunderbarer. Eine so große Scene konnte das Theater nicht aufweisen, eine so hohe und helle Luft, einen so strahlenden Mondschein hatte es nicht.

Und aus dem Nebel hob sich deutlich eine weibliche Gestalt ab, und diese eine wurde zu drei, die drei zu vielen Hand in Hand tanzenden Mädchen. Die Luft trug sie auf die Hecke zu, wo Peter stand; sie nickten ihm zu, sie sprachen, es war wie Klänge von silbernen Glocken; die Gestalten tanzten in den Garten hinein, um ihn herum, sie hatten ihn in ihrem Kreise. Ohne dabei zu denken, tanzte er mit ihnen, aber nicht ihren Tanz, er wirbelte ringsum wie in jenem unvergeßlichen Vampyrentanz; aber an den dachte er nicht, er dachte eigentlich gar nicht mehr, sondern war von all der Herrlichkeit, die er um sich herum sah, überwältigt.

Die Wiese war ein See mit tiefen, schwarzblauen Gewässern, die in allen denkbaren Farben leuchteten;

über die Gewässer dahintanzend, trugen die Elfen ihn auf ihren Schleiern nach dem anderen Ufer hinüber, wo der Hünengrabhügel seine grüne Rasendecke abgeworfen und sich zu einem Schloß von Wolken erhoben hatte; aber die Wolken waren von Marmor; blühende Bäume von Gold und kostbarem Gestein rankten sich an den mächtigen Marmorblöcken; jede Blume selbst war ein farbestrahlender Vogel, welcher mit menschlicher Stimme sang. Es war wie ein Chor von tausend und abertausend fröhlicher Kinder. War es der Himmel oder war es der Elfenberg?

Die Wände des Schlosses bewegten sich, glitten gegeneinander, — schlossen sich um ihn. Er war drinnen im Feenschloß, die Menschenwelt lag draußen. Da empfand er eine Angst, einen Schrecken, wie noch nie. Kein Ausgang war zu finden, aber vom Boden bis hoch an die Decke hinan, von allen Wänden lächelten ihn reizende junge Mädchen an; doch wie lebendig sie auch zu schauen waren, so kam ihm doch der Gedanke, daß sie nur gemalt seien. Er wollte zu ihnen sprechen, aber seine Zunge hatte keine Worte, die Sprachstimme war ganz und gar fort; kein Laut kam von seinen Lippen. Da warf er sich auf die Erde nieder, so unglücklich, wie er noch niemals früher gewesen.

Eine der Elfen trat auf ihn zu; sie meinte es gewiß gut mit ihm in ihrer Weise; sie hatte die Gestalt angenommen, die er am liebsten sehen mochte, sie ähnelte der Tochter des Apothekers; er glaubte fast, sie sei es; aber bald sah er, daß sie im Rücken hohl war, nur eine reizende Vorderseite hatte, hinten offen, gar nichts inwendig.

„Eine Stunde hier ist hundert Jahre draußen," sagte sie, „du bist schon eine ganze Stunde hier gewesen. Alle die, welche du draußen kennst und liebst, sind gestorben! Bleibe bei uns! — ja hier bleiben mußt du, oder die Wände drücken dich zusammen, daß dir das Blut aus der Stirne spritzt!"

Und die Wände regten sich, und die Luft drinnen wurde glühend. Er bekam die Sprache.

„Mein Gott! Mein Gott! hast du mich verlassen?" rief er im tiefsten Seelenschmerz.

Da stand die Großmutter bei ihm. Sie nahm ihn in ihre Arme auf, sie küßte ihm die Stirn, sie küßte ihm den Mund.

„Mein eigener süßer Junge!" sagte sie, „der gute Gott verläßt dich nicht, er verläßt Niemand von uns, selbst den größten Sünder nicht. Gott sei Preis und Ehr' in aller Ewigkeit!"

Und sie zog ihr Gesangbuch hervor, dasselbe, aus welchem sie und Peter so manchen Sonntag gesungen hatten. Wie klang ihre Stimme, wie sang sie die Worte heraus! Alle die Elfenmädchen legten sich zur Ruh', sie hatten dieselbe gar sehr nöthig. Peter sang mit der Großmutter, wie er früher jeden Sonntag gesungen hatte; wie klang seine Stimme plötzlich kräftig und stark und dabei so weich; die Wände des Schlosses regten sich, gestalteten sich zu Wolken und Nebel; die

Großmutter schritt mit ihm aus dem Berg in das hohe Gras hinaus, wo das Johanniswürmchen leuchtete und der Mond strahlte; aber wie waren seine Füße so matt, er vermochte nicht sie zu regen, zu heben, er sank in das Gras nieder, es war das weichste Bett; er ruhete so gut und erwachte beim Psalmensang.

Großmutter saß bei ihm, saß an seinem Bette in der kleinen Kammer im Hause Gabriels. Das Fieber war zu Ende, Gesundheit und Leben waren wieder zurückgekehrt.

Todtkrank war er gewesen. Unten im Garten hatten sie ihn an jenem Abend ohnmächtig aufgefunden; ein heftiges Fieber überfiel ihn; der Arzt meinte, er werde es nicht überstehen, er müsse sterben, und das wurde seiner Mutter geschrieben. Sie und Großmutter wollten und mußten zu ihm hin; Beide konnten sie jedoch nicht abkommen, und so reiste denn die alte Großmutter allein und auf der Eisenbahn.

„Das that ich einzig und allein um Peter!" sagte sie. „Ich that es in Gottes Namen, sonst hätte ich wahrlich glauben können, ich fliege mit dem bösen Geist auf Besenstiel durch die St. Johannisnacht."

X.

Fröhlichen und leichten Herzens ging die Rückreise von statten. Inbrünstig dankte die Großmutter dem lieben Gott: Peter werde sie überleben! Liebe Nachbarn hatte sie im Wagen: den Apotheker und seine

Tochter. Sie sprachen von Peter, liebten Peter, als wenn sie mit ihm verwandt seien. Er würde ein großer Schauspieler werden, die Stimme sei nun auch wiedergekommen, es steckten Millionen in einer solchen Gurgel.

Welche Glückseligkeit für die Großmutter, solche Worte zu hören! Sie lebte sich in dieselben ein, glaubte an sie, und mit einemmal waren sie an der Station bei der Hauptstadt, wo Peter's Mutter sie empfing.

„Gott sei Lob und Dank für die Eisenbahn!" sagte sie, „und dafür, daß ich vergaß, daß ich auf ihr war! Das habe ich diesen herrlichen Menschen zu verdanken!" Und sie drückte dem Apotheker und seiner Tochter die Hände. „Die Eisenbahn ist eine herrliche Erfindung, wenn sie überstanden ist. Man ist in Gottes Hand!"

Und nun erzählte sie der Mutter von dem lieben guten Jungen, der außer aller Gefahr sei und bei wohlhabenden Leuten wohne, die drei Dienstmädchen und Hausknecht hatten. Peter sei dort wie ein Sohn im Hause und zusammen mit zwei Kindern aus vornehmer Familie; der eine sei gar ein Propstensohn. Großmutter habe erst im Gasthause gewohnt, was zum Entsetzen theuer gewesen; aber dann sei sie von Madame Gabriel eingeladen worden, bei ihr zu wohnen, und hier sei sie fünf Tage gewesen; das seien Menschen, wie Engel, namentlich Madame; die habe sie genöthigt, Punsch zu trinken, schönen Punsch, aber stark. In einem Monat werde Peter mit Gottes Hilfe gesund sein und dann käme er nach der Hauptstadt.

„Vornehm und verwöhnt ist er gewiß geworden!" sagte die Mutter. „Er wird sich nicht mehr hier oben in der Dachwohnung zurecht finden; ich bin froh, daß der Singemeister ihn zu sich eingeladen hat, — und doch," und die Mutter weinte, „es ist schrecklich, daß man so arm sein soll, daß das eigene Kind es nicht gut genug in der elterlichen Wohnung bekommen kann!"

„Laß den Peter solche Worte nicht hören!" sagte die Großmutter, „du siehst nicht in ihn hinein, wie ich es thue."

„Essen und Trinken muß er doch haben, wenn er auch noch so fein geworden ist, hungern soll er nicht, so lauge ich meine Hände rühren kann. Madame Hof hat gesagt, daß er zweimal die Woche seinen Mittag bei ihr essen kann, jetzt, wo sie so gut gestellt ist. Sie weiß, was vornehm und gering und arm ist. Hat sie mir doch selbst erzählt, daß es ihr eines Abends in der Theaterloge, wo die alten Tänzerinnen sitzen und zusehen, übel wurde; den ganzen Tag über hatte sie weiter nichts als Wasser und eine Brezel genossen, sie war krank vor Hunger und wurde ohnmächtig. „Wasser! Wasser!" riefen die anderen alten Tänzerinnen. „„Butterbrod!"" bat sie; „„Butterbrod!"" Nährendes brauchte sie, aber Wasser hatte sie ganz und gar nicht nöthig. Jetzt hat sie ihre gute Speisekammer und einen gut besetzten Tisch."

Dreißig Meilen weit saß Peter, aber er war

glückselig bei dem Gedanken, daß er zurückkehre zur
Hauptstadt, zum Theater, zu allen alten lieben Erinnerun=
gen, die er jetzt recht zu schätzen verstand. Es sang und
klang in ihm, es sang und klang außerhalb seines Ich;
Alles war Sonnenschein, es war die fröhliche Zeit der
Jugend, die Zeit der Erwartungen. Mit jedem Tage
kräftigte er sich, wurde guter Laune und bekam Farbe.
Aber Madame Gabriel wurde sehr gerührt, je näher
die Abschiedsstunde heranrückte.

„Sie gehen zur Größe und vielen Versuchungen hin=
ein, denn hübsch sind Sie, das sind Sie in unserem Hause
geworden. Sie haben das Natürliche, gerade wie ich,
und das steht Einem bei in den Versuchungen. Man
darf nicht überzart sein oder sich haben! Ueberzart,
wie diese Königin Dagmar, die Sonntags ihre seidenen
Aermel schnürte und sich dann ein Gewissen über
solche Kleinigkeit machte; dazu gehört Mehr! Ich würde
nie so lamentirt haben, wie diese Lucretia! Warum
erstach sie sich? Sie war unschuldig und honnet, das
wußte sie und die ganze Stadt. Was konnte sie für
das Malheur, von dem ich nicht sprechen will, aber
welches Sie in Ihrem Alter schon begreifen! — Sie
macht ein Geschrei und nimmt den Dolch zur Hand!
Das war ganz und gar nicht nöthig! Ich hätte es
nicht gethan, und Sie auch nicht, wir sind natürliche
Menschen, und das muß man zu jeder Zeit sein, und
das werden Sie fortfahren zu sein auf der Bahn der
Kunst. Ich freue mich darauf, in der Zeitung von
Ihnen zu lesen! Sie kommen auch schon einmal

wieder nach unserem Städtchen, treten vielleicht als Romeo auf, aber dann bin ich nicht die Amme. Ich sitze im Parquet und ergötze mich!"

Madame stellte große Wäsche und Plätten in der Woche des Abschiedes an, damit Peter rein und nett nach Hause zurückkehren könne, wie er es zu ihnen gekommen sei. Sie zog ein neues langes Band an sein Bernsteinherz; dieses war das Einzigste, was sie sich als ein „Erinnerungs=Souvenir" wünschte, aber sie bekam es nicht.

Von Herrn Gabriel bekam Peter ein französisches Wörterbuch, welches er beim Unterricht benutzt hatte, und welches mit Randbemerkungen von der eigenen Hand des Herrn Gabriel versehen war. Madame gab ihm Rosen und Herzensgrün. Die Rosen würden welken, aber das Herzens= oder Immergrün halte sich den Winter über, wenn es nicht ins Wasser komme, sondern auf dem Trocknen bliebe, und sie schrieb ihm ein Citat von Goethe, als eine Art Stammbuchsblatt: „Umgang mit Frauen ist das Element guter Sitten." „Goethe war ein großer Mann," sagte sie, „wenn er nur nicht den „Faust" geschrieben hätte, denn ich ver= stehe ihn nicht. Das sagt auch Gabriel!"

Der junge Madsen schenkte Peter eine nicht ganz üble Zeichnung, ein Portrait von Herrn Gabriel, an einem Galgen hängend, in der einen Hand eine Ruthe und mit Unterschrift: „Der erste Lehrer eines großen Schau= spielers auf der Bahn der Wissenschaft." Primus, der Propstensohn, schenkte ihm ein Paar neue Morgenschuhe, welche die Frau Propstin selbst gestickt hatte, die aber so groß waren, daß Primus sie in den ersten paar Jahren nicht hatte ausfüllen können. Auf den Sohlen stand mit Dinte geschrieben: „Erinnerung an einen trauernden Freund. Primus."

Das ganze Haus Gabriel begleitete Peter nach dem Bahnzug. „Man soll nicht sagen, daß Sie ohne sans adieu abreisen!" sagte Madame und küßte ihn auf dem Bahnhof.

„Ich genire mich nicht!" sagte sie, „wenn man es nicht heimlich thut, kann man Alles thun!"

Die Signalpfeife schrillerte; Madsen und Primus riefen Hurrah, der „Kleinkinderkram" stimmte mit ein, Madame wischte sich die Augen und fächelte mit dem Taschentuche. Herr Gabriel sagte nur das eine Wort: „Vale!"

Dörfer und Städte flogen vorüber. Ob die Menschen in diesen wohl so fröhlich waren, wie Peter? Auch er warf diese Frage auf, pries sein Glück, dachte an den unsichtbaren Goldapfel, den die Großmutter in seiner Hand hatte liegen sehen, als er noch ein Kind war. Er dachte an seinen Glücksfund im Rinnsteine und dachte vor Allem an die wiedergekehrte Stimme und an die Kenntnisse, die er sich jetzt angeeignet hatte. Er war ein ganz anderer Mensch geworden. Es sang vor Freude in seinem Inneren; es war eine große Selbstbeherrschung, daß er es nicht in den Wagen hinaussang.

Nun zeigten sich die Thürme der Hauptstadt, die Häuser tauchten empor; der Zug erreichte den Bahn=

hof. Hier standen die Mutter, die Großmutter und noch Eine, Madame Hof, gut eingebunden, die Gattin des Hofbuchbinders Hof, geborene Frandsen; sie vergaß in Noth wie in Wohlstand ihre Freunde nicht. Sie küßte Peter grad' wie es die Mutter und Großmutter thaten.

„Hof konnte mich nicht begleiten!" sagte sie. „Er sitzt mit Gesammelte Werke zum Einbinden für die Handbibliothek der Majestät. Du hast Glück und ich habe es jetzt auch. Ich habe meinen Hof und meinen eigenen Ofenwinkel mit Schaukelstuhl erhalten. Zwei Mal wöchentlich speist du zu Mittag bei uns. Du sollst mein häusliches Leben sehen! Es ist ein ganzes Ballet!"

Die Mutter und Großmutter bekamen fast gar keine Gelegenheit, mit Peter zu sprechen, aber sie schauten ihn an und ihre Augen strahlten in Glückseligkeit. Endlich mußte er in eine Droschke, um nach seiner neuen Heimath, bei dem Singemeister zu fahren; sie lachten und sie weinten.

„Er ist doch ein lieber, prächtiger Mensch!" sagte die Großmutter.

„Er hat noch sein braves Gesicht, wie vor der Reise," sagte die Mutter. „Das wird er sich bewahren, auch auf dem Theaterweg."

Die Droschke hielt vor der Thür des Singemeisters. Der Herr war ausgegangen; sein alter Diener schloß auf und führte Peter nach dessen Zimmer, in welchem ringsum an der Wand Portraits

von Componisten hingen und auf dem Ofen eine blen=
dend weiße Gypsbüste stand.

Der Alte, ein wenig schwer von Begriffen, aber
die Treue selbst, zeigte Peter die Kasten in der Com=
mode, den Reck, an welchen er seine Kleider hängen
könne, und versprach seine Bereitwilligkeit, die Stiefeln
zu wichsen, und mittlerweile kam der Singemeister und
drückte Peter herzlich die Hand zum Willkommen.

„Das ist das ganze Logis, du mußt vorlieb neh=
men! Mein Klavier in der Stube kannst du benutzen.
Morgen wollen wir hören, wie es mit der Stimme
steht. — Das ist unser Castellan, unser Haushalter!"
Und er nickte dem alten Diener zu. „Alles ist in Ordnung,
Carl Maria von Weber auf dem Ofen ist wegen deiner
Ankunft geweißt worden, er war ganz erschrecklich schwarz
angeraucht. — Aber das ist ja nicht Weber, der da
steht, das ist ja Mozart; wie ist der hierher gekommen?"

„Das ist der alte Weber!" sagte der Diener, „ich
selbst trug ihn zum Gypser und habe ihn auch selbst
heute Morgen wieder geholt".

„Aber diese da ist eine Büste von Mozart und
nicht von Weber!"

„Entschuldigen Sie, Herr!" sagte der Diener, „es
ist der alte Weber, der rein geworden ist! Sie kennen
ihn eben nicht wieder, weil er geweißt worden ist."

Das werde ihm der Gypser bestätigen, — aber
bei diesem erhielt er die Auskunft, daß Weber entzwei
gegangen sei, und deshalb habe man ihm Mozart statt
dessen gegeben, es sei ja gleichviel auf einem Ofen.

An dem erſten Tage ſollte nicht geſungen, nicht geſpielt werden; als aber unſer junger Freund in den Saal hinüber kam, in welchem das Clavier ſtand und die Oper „Joſeph" aufgeſchlagen war, ſang er: „Ich war Jüngling noch an Jahren", ſang mit glockenheller reiner Stimme. Sein Vortrag war ſo innig, ſo un= ſchuldig und dabei ſo voll und kräftig, daß dem Singe= meiſter die Augen dabei naß wurden.

„So ſoll es ſein!" ſagte er, „und noch beſſer ſoll es werden. Aber jetzt ſchließen wir das Clavier für heute, du bedarfſt der Ruhe."

„Ich muß heute Abend noch zu Mutter und Groß= mutter, das habe ich verſprochen." Und er eilte fort.

Die ſinkende Sonne warf ihre Strahlen über das Haus ſeiner Kindheit; die Glasſcherben in der Mauer blitzten, es war wie ein ganzes Diamantenſchloß. Mutter und Großmutter ſaßen dort ganz oben in der Dachwohnung, viele Treppen hoch, aber er flog ſie hinan, drei Stufen auf jeden Sprung, und er ſtand an der Thüre und wurde mit Küſſen und Umarmun= gen empfangen.

Reinlich und nett war es hier in dem Stübchen; da ſtand der Ofen, der alte Bär, und die große Com= mode mit den verborgenen Schätzen aus der Stecken- pferd=Zeit. An der Wand hingen die drei bekannten Bilder: des Königs und des lieben Gottes Portrait und „Vaters" Silhouette in ſchwarzem Papier aus= geſchnitten. Es ähnele ihm ganz von der Seite, ſagte die Mutter, aber es würde ähnlicher ſein, wenn das

Papier weiß und roth wäre, denn das war er. Ein prächtiger Mann! und Peter sei ihm wie aus den Augen geschnitten.

Es gab viel zu reden, viel zu erzählen. Die Mutter hatte Sülze zum Abendbrod und Madame Hof hatte versprochen, auch diesen Abend bei ihnen vorzusprechen.

„Aber wie sind doch die beiden alten Menschen, Hof und Fräulein Frandsen, darauf gefallen, sich zu heirathen?" fragte Peter.

„Mit dem Gedanken haben sie sich viele Jahre getragen!" sagte die Mutter. „Du weißt ja, daß Hof verheirathet war; er heirathete, sagte man, um die Frandsen zu ärgern, weil sie zur Zeit ihres Glanzes stolz gegen ihn that; er bekam Vermögen mit der Frau, aber sie war ein wenig sehr alt: munter und an Krücken! Sterben that sie nicht, und darauf wartete er doch; es würde mich nicht gewundert haben, wenn er, wie der Mann in der Geschichte, die Alte jeden Sonntag in den Sonnenschein getragen hätte, damit der liebe Gott sie sehe, und nicht vergesse sie hinweg zu rufen."

„Die Frandsen saß ruhig und wartete," sagte die Großmutter; „ich hätte nicht geglaubt, daß sie es erreichen würde. Aber voriges Jahr starb die alte Madame Hof, und so wurde die Frandsen Frau im Hause."

In diesem Augenblick trat Madame Hof, geborne Frandsen, ein.

„Wir sprachen gerade von Ihnen," sagte die Groß= mutter. „Wir sprachen von Ihrer Ausdauer und der Belohnung dafür."

„Ja," sagte Madame Hof, „es wurde nichts in der Jugendzeit, aber man ist immer jung genug, wenn man kein körperliches Leiden hat, sagt mein Hof. Er hat zu prächtige Einfälle. Wir sind alte gute Werke, sagt er, beide in einem Bande und mit Goldschnitt. Wie bin ich glücklich mit meinem Hof und meinem Ofenwinkel: Fließenofen! Es wird des Abends ein= geheizt, und dann ist die Stube warm den ganzen nächsten Tag. Es ist eine Wollust! Es ist wie in dem Ballet „Die Insel Circe's". Erinnern Sie sich meiner als Circe?"

„Ja, Sie waren wunderschön!" sagte die Groß= mutter. „Wie sich ein Mensch doch verändern kann!" — Das wurde nun gar nicht gesagt, um etwas Un= angenehmes zu sagen, und wurde auch nicht so auf= gefaßt. Darauf kam die Sülze und der Thee.

Am nächsten Vormittage machte Peter einen Be= such bei dem Handelsherrn. Madame empfing ihn, drückte ihm die Hand und bat ihn Platz neben ihr zu nehmen. Im Gespräch mit ihr sprach er seinen inni= gen Dank aus, er wisse, sagte er, daß ihr Gemahl sein heimlicher Wohlthäter sei. Sie wisse das nicht. „Aber das sieht meinem Manne ähnlich!" sagte sie; „allein das ist ja nicht der Rede werth!"

Der Handelsherr gerieth fast in Zorn, als Peter diese Angelegenheit berührte. „Sie sind ganz auf falscher Spur!" sagte er, brach das Gespräch ab und verließ das Zimmer.

Felix war jetzt Student und wollte den diplomatischen Weg gehen.

„Mein Mann nennt das eine Thorheit," sagte Madame, „ich habe darin keine Meinung. Die Vorsehung wird lenken!"

Felix zeigte sich nicht, er hatte Stunde bei seinem Fechtmeister.

Zu Hause beim Singemeister erzählte Peter, daß er sich bei dem Handelsherrn bedankt, daß dieser aber den Dank zurückgewiesen habe.

„Wer hat dir gesagt, daß er ist, was du deinen Wohlthäter nennst?" fragte der Singemeister.

„Das hat die Mutter und Großmutter!" antwortete Peter.

„Nun, dann muß er es wohl sein!"

„Sie wissen darum!" sagte Peter.

„Ich weiß darum, ja; aber von mir bekommst du keine Auskunft; und von nun an singen wir hier zu Hause eine Stunde jeden Morgen."

XI.

Ein Mal wöchentlich war Quartett-Musik. Ohr, Seele und Gedanke wurden von den herrlichen Tondichtungen Beethoven's und Mozart's erfüllt. Seit langer Zeit hatte Peter keine gute, wohl ausgeführte Musik 'gehört. Wie eine Feuerflamme schoß es ihm durch das Rückgrat bis in alle Nerven hinaus; die Thränen traten ihm in die Augen. Jeder Musikabend hier zu Hause war ihm ein Festabend, derselbe gab einen volleren Eindruck, als irgend eine Oper auf der Bühne, wo stets irgend Etwas störend wirkt oder das Mangelhafte aufdeckt. Bald gelangen die Worte nicht zu ihrem Recht, sie werden im Gesange dermaßen ausgeleckt, daß ein Chinese sie ebenso gut wie ein Grönländer verstehen würde, bald wird die Wirkung abgeschwächt durch Mangel an jeder dramatischen Begabung, und dadurch, daß die Stimme in einzelnen Partien bis zur Spieldosenmusik herabsinkt oder sich durch falsche Töne dahinschleppt. Unwahrheit der Decorationen und Costüme ist gleichfalls eine Zugabe. Dieses Alles fiel bei dem Quartett fort. Die Tondichtungen entfalteten sich in ihrer ganzen freien Herrlichkeit, ihre köstlichen Tapeten deckten die Wände des Concertsaales. Peter befand sich hier in jener Welt der Musik, welche die Meister hervorgezaubert hatten.

In dem öffentlichen großen Musiksaal wurde eines Abends von einem reich besetzten Orchester Beethoven's Symphonie pastorale gegeben; namentlich das Andante „Scene am Bache" war es, welches wunderbar mächtig unsern jungen Freund durchströmte und erhob; es trug ihn in die lebendige, frische Waldnatur, Lerche und Nachtigall jubilirten, der Guckuck mischte seinen Gesang hinein. Welche Naturpracht, welche Quelle der Labung!

Von Stund' an erkannte er, daß es die malende Musik sei, in welcher die Natur sich spiegelt und die Strömungen des Menschenherzens wiederklingen, die bei ihm am tiefsten anschlüge; Beethoven und Haydn wurden seine Lieblings=Componisten.

Hiervon sprach er oft mit dem Singemeister, bei jedem Gespräch traten die Beiden einander näher. Wie reich an Kenntnissen war dieser Mann, unerschöpflich wie der Born des Mimer. Peter lauschte ihm, und so wie er als kleiner Knabe gierig die Märchen und Geschichten der Großmutter anhörte, so hörte er jetzt die der Welt der Töne, wußte jetzt, was Wald und Meer erzählen, was da klingt in den alten Romanzen und Balladen, was jeder Vogel mit seinem Schnabel singt und die Blume lautlos in Düften aushaucht.

Die Singstunde jeden Morgen wurde eine wahre Freudenstunde für Meister und Lehrling; jedes kleine Lied wurde mit Frische, Ausdruck und Unschuld ge= sungen; am schönsten klangen die Schubert'schen „Wan= derlieder". Die Melodie kam zu ihrem Recht, aber auch die Worte, beide verschmolzen, hoben und beleuch= teten sich gegenseitig, wie es sein soll. Peter war un= läugbar dramatischer Sänger. Vorwärts ging es in Tüchtigkeit jeden Monat, jede Woche, Tag für Tag.

Gesund und lebensfroh, ohne Entbehrung und Kummer wuchs unser junger Freund heran. Vor ihm lag das Leben reich und herrlich, mit einer Zukunft voll des Guten. Sein Vertrauen zu den Menschen war nicht getäuscht worden, er besaß das kindliche Gemüth und die Ausdauer des Mannes, überall sah er nur freundliche Augen und freundliches Entgegenkommen. Tagtäglich gestaltete das Verhältniß zwischen ihm und dem Singemeister sich inniger und vertrauter, die Beiden lebten zusammen wie ein älterer und jüngerer Bruder, und der Jüngere besaß die ganze Innigkeit und Wärme des jungen Herzens; der Aeltere verstand ihn und hatte den vollen Klangboden für seine Gefühle.

Die ganze Persönlichkeit des Singemeisters war von einem südländischen Feuereifer durchdrungen; man bekam sofort den Eindruck, daß dieser Mann tief hassen oder tief lieben mußte; glücklicherweise hatte das letztere Gefühl bei ihm die Oberhand. Er war dazu durch das Vermögen, welches er von seinem verstorbenen Vater geerbt hatte, so gestellt, daß er nicht nöthig hatte, ein Amt zu übernehmen, wenn dieses ihm nicht in Allem zusagte; im Stillen und Geheimen that er unendlich viel Gutes in einer verständigen Weise, konnte aber nicht leiden, daß Jemand sich dafür bedankte, oder daß davon gesprochen werde.

„Habe ich Etwas gethan," sagte er, „so habe ich es deshalb gethan, weil ich es konnte und es meine Pflicht war!"

Sein alter Diener, „unser Castellan", wie derselbe scherzweise hieß, sprach nur mit halber Stimme, wenn er seine Meinung vom Hausherrn zu erkennen gab. „Ich weiß was er giebt und wirkt Jahr aus Jahr ein, und ich weiß doch nur die Hälfte davon. Ihm sollte der König einen Stern auf die Brust geben! — Aber er würde ihn nicht tragen, er würde rasend werden, kenne ich ihn recht, wenn man ihm, weil er honnet ist, ein Kennzeichen anheftete! Er wird selig werden, seliger als wir Anderen, was für einen Glauben er auch haben mag; er ist gerade ein Mann wie es die Bibel will!" Und hierauf legte der Alte einen besonderen Nachdruck, als wenn er meinte, Peter möchte irgend welchen Zweifel haben.

Er fühlte und begriff es schon, daß der Singemeister ein wahrer Christ in guten Thaten, ein Beispiel für Jeden sei; in die Kirche ging der Mann aber nie, und als Peter eines Tages davon sprach, daß er am nächsten Sonntag mit der Mutter und Großmutter zum Tische des Herrn gehen würde, und hinzufügte, ob der Singemeister das niemals thäte, antwortete dieser: Nein! Es schien, als wenn er noch Mehreres hätte sagen wollen, ja als wenn er Petern Etwas anzuvertrauen habe, aber es unterblieb.

Abends las er Einiges aus der Zeitung über die Wohlthätigkeit einiger namhafter Männer laut vor, und dieses gab Veranlassung, daß er sich über gute Thaten und deren Belohnung äußerte.

"An die soll Niemand denken, die kommt schon Die Belohnung für gute Thaten ist wie Datteln, sagt der Talmud, sie reifen spät und werden süß!"

"Talmud," fragte Peter, "was ist das für ein Buch?"

"Das ist ein Buch," war die Antwort, "aus

welchem mehr als ein Gedankensamen in das Christenthum hineingewachsen ist."

„Wer hat das Buch geschrieben?"

„Weise Männer der älteren Zeiten. Die Weisen verschiedener Völker und Religionen. Weisheit in wenigen Worten ist darin enthalten, wie in den Sprüchen Salomonis. Welche kernige Weisheiten! Man lernt da, wie die Menschen auf dem ganzen Erdenrund, Jahrtausende hindurch, sich stets gleich geblieben sind. „„Dein Freund hat einen Freund, und deines Freundes Freund hat einen Freund, sei vorsichtig in deiner Rede!"" steht da. Das ist ein Wahrspruch für alle Zeiten. „„Niemand kann seinen Schatten überspringen"", steht auch da; „„tritt auf den Dorn, während du Schuhe anhast!"" Das Buch mußt du lesen! Du wirst in ihm Culturspuren finden, deutlicher als in den Erdschichten. Mir, als Jude, ist das Buch außerdem ein Erbe der Vorväter."

„Jude!" sagte Peter, „sind Sie Jude?"

„Weißt du dies nicht? Wie sonderbar, daß wir Beiden erst heute das zur Sprache bringen!"

Die Mutter und Großmutter wußten das auch nicht, hatten darüber nie nachgedacht, aber sie hatten gewußt, daß der Singemeister ein Ehrenmann und ein prächtiger Mensch sei. Es sei eine Fügung Gottes, daß Peter ihn auf seinem Wege angetroffen; nächst dem lieben Gotte habe er ihm all sein Glück zu verdanken. Und nun rückte die Mutter mit einem Geheimnisse heraus, mit welchem sie sich freilich nur wenige Tage getragen hatte, und welches ihr die Frau des Handelsherrn unter dem Versprechen des tiefsten Schweigens anvertraut hatte; der Singemeister dürfe niemals erfahren, daß man es wisse; er sei es, welcher Peter's Unterhalt und Erziehung bei Herrn Gabriel bezahlt habe. Von dem Abend an, wo er, im Hause des Handelsherrn, Peter das Ballet „Simson" singen hörte, war er allein sein thatkräftiger Freund und Wohlthäter gewesen, aber im Stillen.

XII.

Madame Hof erwartete unsern Peter und er kam auch.

„Jetzt sollst du meinen Hof kennen lernen!" sagte sie, „und du sollst meinen Ofenwinkel kennen lernen. An den dachte ich nicht, als ich „Circe" und die „Rosen=Elfe der Provence" tanzte! Ja, heutzutage denken Wenige an dieses Ballet und an die kleine Franzsen. „„Sic transit gloria im Munde!"" heißt es auf Lateinisch, sagt mein Hof so witzig, wenn ich von meiner Glorien=Zeit spreche. Er liebt es sehr, Andere für Narren zu halten, aber mit Herzen!"

Der Ofenwinkel war ein freundliches, ein wenig niedriges Zimmer mit Fußteppich und mit Portraits, wie sie für einen Buchbinder paßten. Hier sah man die Bilder von Gutenberg und Franklin, sowie von

Shakespeare, Cervantes, Molière und den beiden erblin=
deten Poeten Homer und Ossian. Unter diesen hing,
hinter Glas breit eingerahmt, eine in Papier aus=
geschnittene Tänzerin mit großer goldener Busennadel
und in Robe von Mull, das rechte Bein gen Himmel
gehoben, und unter demselben stand ein Vers:

    Wer kann sich Herzen ertanzen?
    Und sich mit Unschuld umkranzen? —
    Fräulein Emilie Frandsen!

Das sei von Hof gedichtet, welcher die schönsten
Verse, am liebsten scherzhafte, schriebe. Das Bild habe
er selbst ausgeschnitten, gekleistert und genäht, noch
bevor er seine erste Frau heirathete. Es hatte lange
Jahre im Kasten gelegen, jetzt prangte es in der Dichter=
gallerie: „meinem Ofenwinkel", wie Madame Hof ihr
kleines Zimmer nannte. Hier wurden Peter und Hof
einander vorgestellt.

„Ist er nicht ein schöner Mann?" sagte sie zu
Peter. „Mir ist er der schönste in der ganzen Welt!"

„Ja, Sonntags, wenn ich in den Staatskleidern
eingebunden bin!" sagte Hof.

„Du bist schön ohne allen Einband!" sagte sie
und neigte den Kopf, indem sie ein Gefühl überkam,
als spreche sie hier ein wenig zu kindlich für ihre
Jahre.

„Alte Liebe rostet nicht!" sagte Herr Hof. „Wenn
Feuer in alten Häusern ausbricht, brennen sie bis auf
den Grund!"

„Es ist wie mit dem Vogel Phönix," sagte Ma=

dame Hof, „man steigt jung daraus hervor. Hier ist
mein Paradies! Ich mache mir gar nichts daraus,
anderswo hin zu gehen! Doch ja, ein Stündchen zu
deiner Mutter und Großmutter!"

„Und zu deiner Schwester," sagte Hof.

„Nein, mein Hofeleben! dort ist kein Paradies
mehr. Ich will dir nur sagen, Peter, mein Schwager
lebt in kleinen Verhältnissen und vielem Ungemach,
man weiß nicht, was man dort sagen darf. Man
darf das Wort „Mohr" nicht nennen, weil die älteste
Tochter mit Einem verlobt ist, welcher Negerblut hat;
man darf nicht bucklich sagen, einer der Knaben ist
das; man darf nicht von Cassendeffect sprechen, mein
Schwager ist in dem Fall gewesen; man darf nicht
einmal „im Walde gehen" sagen; Wald ist dort ein
häßlicher Laut, denn er hieß Walde, der die Verlobung
mit der jüngsten Tochter rückgängig machte. Ich liebe
es nicht, wenn ich aus dem Hause gehe, irgendwo zu
sitzen und den Mund zu halten; darf ich nicht reden,
so ziehe ich mich in mich selbst zurück und bleibe in
meinem Ofenwinkel. Wäre es nicht eine Sünde, wie
man sagt, ich möchte Gott bitten, daß wir so lange
leben, wie mein Ofenwinkel vorhält; hier wächst man
besser nach innen. Hier ist mein Paradies und das
hat mir Hof geschenkt."

„Sie hat eine Goldmühle im Munde!" sagte Hof.

„Und du hast Goldkörner im Herzen!" sagte sie.

„Mil'chen, du bist gar zu hold!
Mahle uns den Sack voll Gold!"
sagte er, und sie kitzelte ihn unter dem Kinn.

„Siehst du, Peter, den Vers hat er nun im Augenblick gemacht, der könnte ganz gut gedruckt werden."

„Ja, und auch eingebunden werden!" sagte Hof.

In solcher Weise scherzten die beiden alten Menschen.

Das Jahr verstrich, erst dann begann Peter eine Rolle einzustudiren; er wählte erst „Joseph", aber tauschte diese doch mit der des Georg Brown in der Oper „Die weiße Dame" um. Worte und Musik eignete er sich bald an, und Walter Scott's Roman, der den Stoff geliefert hat, entnahm er ein klares, volles Bild von dem jungen, lebensfrohen Offizier, der die Berge seines Heimathlandes besucht und in die Burg seiner Väter gelangt, ohne sie zu kennen; ein altes Lied erweckt die Erinnerungen seiner Kindheit, das Glück ist in deren Gefolge, und er gewinnt Burg und Braut.

Das, was er so gelesen, gestaltete sich ihm, als habe er es selbst erlebt, als ein Kapitel seiner eigenen Lebensgeschichte; die melodienreiche Musik setzte ihn vollends in die richtige Stimmung. Es verging indeß sehr lange Zeit, bis die ersten Proben begannen. Es habe mit seinem Auftreten keine Eile, meinte der Singemeister; endlich aber stand dieselbe bevor. Peter war nicht nur Sänger, er war Schauspieler, und die Rolle lag ganz für seine Persönlichkeit. Chor und Orchester jubelten ihm den ersten großen Beifall zu, mit größter Erwartung sah man dem Abend der Vorstellung entgegen.

„Man kann zu Hause im Schlafrock ein großer Schauspieler sein," sagte ein wohlwollender Kamerad, „kann sehr groß bei Tageslicht, aber mittelmäßig vor den Lampen und dem vollen Hause sein. Das wird sich nun zeigen!"

Peter hatte keine Angst, sondern eine heiße Sehnsucht nach dem entscheidenden Abend. Der Singemeister dahingegen befand sich im fieberhaftesten Zustand. Peter's Mutter hatte den Muth nicht, ins Theater zu gehen, sie würde ohnmächtig vor Angst um ihren lieben Jungen werden; Großmutter war krank, sie müsse das Zimmer hüten, hatte der Arzt gesagt, aber die treue Freundin, Madame Hof, versprach ihnen noch an demselben Abend Nachricht zu bringen, wie es gegangen sei. Madame Hof müsse hin und wenn sie todtkrank wäre.

Wie lang war der Abend! Wie dehnten sich die drei, vier Stunden ins Unendliche. Die Großmutter sang einen Psalm, betete mit der Mutter zusammen zum lieben, guten Gott für den kleinen Peter, daß er auch heute Abend der Glücks-Peter sein möge. Die Zeiger an der Uhr rückten langsam von der Stelle.

„Jetzt beginnt Peter!" sagten sie. „Jetzt ist er mitten drin! Jetzt hat er's überstanden!" Mutter und Großmutter sahen einander an, aber sie sprachen kein Wort weiter.

Auf der Straße tönte Wagengerassel; die Leute fuhren vom Theater. Die beiden Frauen blickten vom Fenster herab; es gingen Leute vorüber und sprachen laut und eifrig; sie kamen aus dem Theater, sie mußten das, was Lebensfreude oder auch große Betrübniß in die hohe Dachwohnung im Hause des Handelsherrn bringen würde.

Endlich kam Jemand die Treppe hinauf. Madame Hof stürzte ins Zimmer, hinter ihr Herr Hof. Sie warf sich Mutter und Großmutter an die Brust, sprach aber kein Wort; sie weinte, sie schluchzte.

„Du lieber Gott!" sagten Mutter und Großmutter, „wie ist es Peter ergangen?"

„Laßt mich weinen!" sagte Madame Hof; sie war zu erregt, zu gerührt. „Ich kann es nicht ertragen! Ach, Ihr lieben, lieben Menschen, Ihr könnt es auch nicht ertragen!" Und die Thränen rollten ihr über die Wangen.

„Haben sie ihn ausgepfiffen?" rief die Mutter.

„Nein, das nicht!" sagte Madame Hof. „Sie haben — daß ich das erleben sollte!"

Da weinten auch die Mutter und die Großmutter.

„Mäßige dich, Emilie!" sagte Herr Hof. — „Peter hat gesiegt! hat triumphirt! Man klatschte, daß das Haus fast eingestürzt wäre. Ich fühle es noch in meinen Händen. Es war ein Beifallssturm vom Parterre bis zur Gallerie; die ganze königliche Familie klatschte mit. Aber es war auch, was man einen Tag zum Rothanstreichen nennt für die Annalen des Theaters! Das war mehr als Talent, das war Genie!"

„Ja, Genie!" sagte Madame Hof; „das sage ich auch! Gott segne dich, Hof, daß du das Wort aussprachst. Ihr lieben Menschen! Nie habe ich geglaubt, daß Jemand so singen und Comödie spielen könnte, und ich habe doch die ganze Theatergeschichte durchgelebt!" Und sie weinte aufs Neue. Die Mutter und Großmutter lächelten, während die Thränen ihnen noch in den Augen perlten.

„Und nun wünschen wir wohl zu schlafen auf diese Nachricht!" sagte Herr Hof. „Komm, komm, Emilie! Gute Nacht! Gute Nacht!"

Sie verließen die Dachwohnung und zwei glückliche Menschen dort. Aber lange blieben die beiden Frauen nicht allein. Die Thüre ging auf und Peter, welcher erst den nächsten Vormittag zu kommen versprochen hatte, trat ein. Wußte er doch mit welchen Gedanken die Alten ihn begleiteten, in welcher Ungewißheit sie noch schweben könnten; als er deshalb mit dem Singemeister vom Theater aus an der Heimath seiner Kindheit vorüberfuhr, ließ er anhalten; oben im Dache war Licht, er mußte hinauf.

„Herrlich, prächtig, Alles gut gegangen!" jubelte er, küßte Mutter und Großmutter. Der Singemeister nickte mit strahlendem Gesicht und drückte ihnen die Hände.

„Aber jetzt muß er mit mir nach Hause und muß zu Ruhe!" sagte er, und der Abendbesuch war zu Ende.

"Guter Gott im Himmel, wie bist du gnädig und gut!" sagten die beiden Frauen. Sie sprachen bis tief in die Nacht hinein von Peter. Ringsum in der großen Stadt wurde von ihm, dem jungen, schönen, wunderbar begabten Sänger gesprochen. Soweit hatte der Glücks=Peter es gebracht.

XIII.

Die Morgenzeitungen theilten schon mit Fanfare das mehr als gewöhnliche Debut mit, und man behielt sich vor, in einer folgenden Nummer näher auf das= selbe zurückzukommen.

Der Handelsherr gab eine große Mittagsgesellschaft und lud Peter und den Singemeister dazu ein. Das war eine Aufmerksamkeit, ein Beweis von Interesse seinerseits und seitens seiner Frau an dem jungen Mann, welcher in ihrem Hause und obendrein gerade an demselben Tage wie ihr eigener Sohn geboren sei.

Der Handelsherr brachte bei der Tafel einen Toast aus und hielt eine schöne Rede an den Singemeister, an den Mann, welcher den "Edelstein" gefunden und geschliffen hatte. Eine der entscheidenden Zeitungen hatte Peter so bezeichnet.

Felix saß neben Peter und war die Fröhlichkeit und Liebenswürdigkeit selbst; nach der Mahlzeit brachte er seine Cigarren herbei, dieselben waren besser, als die des Handelsherrn; „ja, das kann er eben!" sagte dieser, „er hat einen reichen Vater!" Peter rauchte nicht, ein großer Fehler, den er aber schon ablegen müsse.

„Wir müssen Freunde sein!" sagte Felix. „Sie werden der Löwe der Stadt! Alle jungen Damen, und auch die alten, haben Sie im Sturm erobert. Sie sind ein glücklicher Mensch in Allem. Ich beneide Sie, namentlich darum, daß Sie drüben im Theater so ein= und ausgehen können unter allen den hübschen Mädchen."

Das schien nun Peter kein besonderer Gegenstand des Neides zu sein.

Von Madame Gabriel bekam Peter einen Brief. Sie war entzückt über die jubelnden Besprechungen seines Debut in den Zeitungen; und über Alles, was er als Künstler werden würde, sprach sie in höchster Ekstase. Sie hatte mit ihren Mädchen auf sein Wohl Punsch getrunken. Herr Gabriel nahm gleichfalls Theil an seinem Ruhm, und hielt sich davon überzeugt, daß er die Fremdwörter correcter als die Mehrzahl anderer Bühnenmitglieder ausspreche. Der Apotheker lief in dem Städtchen umher und erinnerte daran, daß sie dieses Talent auf ihrer kleinen Bühne früher gesehen und bewundert hatten, während es erst jetzt von der Hauptstadt anerkannt worden sei. Die Tochter des Apothekers würde sich schon ärgern, fügte Madame hinzu, jetzt wo er um Baronessen und Comtessen an= halten könne. Die Apothekerstochter hatte sich übereilt und zugesagt; vor einem Monat sei sie mit dem dicken

Herrn Stadtrath verlobt worden; sie seien schon aufgeboten, und am zwanzigsten dieses Monats solle die Hochzeit sein.

Und gerade am zwanzigsten des Monats bekam Peter diesen Brief. Es ging ihm wie ein Stich durchs Herz; es wurde ihm plötzlich klar, daß sie bei allen Schwingungen der Seele doch sein dauernder Gedanke gewesen sei; er hatte sie mehr als alles Andere in dieser Welt lieb. Seine Augen wurden feucht, er preßte den Brief in der Hand zusammen. Das war der erste große Herzenskummer, seitdem er von der Mutter und Großmutter erfahren, daß der Vater im Kriege gefallen sei. Ihm schien alle Freude entflohen, seine Zukunft leer und traurig. Sein jugendfrisches Antlitz strahlte nicht mehr, der Sonnenschein seines Herzens war erloschen.

„Er sieht krank aus!" sagte die Mutter und Großmutter. „Das ist die Theateranstrengung!"

Er war nicht derselbe wie sonst, das sahen die Beiden und auch der Singemeister sah es.

„Was hast du denn?" sagte der Singemeister. „Darf ich nicht wissen, was dich drückt?"

Da flammten seine Wangen, die Thränen bekamen freien Lauf und er erzählte seinen Kummer, seinen Verlust.

„Ich hatte sie so innig lieb!" sagte er. „Jetzt erst, nun es zu spät ist, wird es mir recht klar."

„Mein armer betrübter Freund! Ich verstehe dich so gut! Weine dich nur aus bei mir und halte den Gedanken fest, sobald du es kannst, daß Alles, was in der Welt geschieht, zu unserem Besten ist. Auch ich habe das gekannt, was du jetzt fühlst und fühle mit dir; auch ich liebte einst, wie du, ein Mädchen; klug, schön und bethörend war das Mädchen, es sollte meine Frau werden; ich konnte ihr eine gute Stellung bieten und sie liebte mich; aber es war eine Bedingung mit der Heirath verknüpft; ihre Eltern forderten sie, sie selbst verlangte es so: ich sollte Christ werden —!"

„Und das wollten Sie nicht?"

„Ich konnte es nicht! Man kann von einer Religion zur anderen nicht mit gutem Gewissen laufen, man sündigt entweder gegen diejenige, die man verläßt, oder gegen die, zu welcher man übertritt."

„Sie haben keinen Glauben!" sagte Peter.

„Ich habe den Gott meiner Väter! Möge er meinem Fuß und meinem Verstande leuchten!"

Beide blieben eine Weile schweigend sitzen; da glitten die Hände des Singemeisters über die Tasten dahin und er spielte ein altes Volkslied; er so wenig als Peter sangen die Worte, die zum Liede gehörten; Jeder mochte der Melodie seine eigenen Gedanken unterlegen.

Madame Gabriel's Brief wurde nicht ein zweites Mal gelesen. Sie hatte keine Ahnung von dem Kummer, den er verursacht hatte.

Wenige Tage später ging ein Brief von Herrn Gabriel ein; auch er wollte seinen Glückwunsch dar=

bringen und hatte nebenbei „einen kleinen Auftrag"; dieser letztere mochte wohl namentlich zu dem Schreiben Veranlassung gegeben haben. Er bat Peter, ihm ein kleines porzellanenes Ding, nämlich Amor und Hymen, die Liebe und die Ehe zu kaufen. „Das ist hier in unserer Stadt gänzlich vergriffen," schrieb er, „aber es wird in der Hauptstadt leicht zu erhalten sein. Geld liegt bei. Sende mir das Ding baldigst, es ist als Hochzeitsgeschenk für das junge Ehepaar, den Stadt=rath und des Apothekers Tochter bestimmt, zu deren Hochzeit ich und meine Frau eingeladen waren!" Im Uebrigen erfuhr Peter aus diesem Brief, daß der junge Madsen nicht Student werden würde; „er hat unser Haus verlassen und zuvor die Wände mit Dummheiten gegen die Familie bemalt. Schlechtes Subject, der junge Madsen. „„Sunt pueri pueri, pueri puerilia tractant!"" Das heißt: „„Knaben bleiben Knaben, Knaben machen Knabenstreiche!"" Ich über=setze es, weil du nicht Lateiner bist".

Hiermit endigte der Brief des Herrn Gabriel.

XIV.

Oft, wenn Peter am Clavier saß, klang das in Tönen aus demselben, was sich in seinem Herzen und Kopfe regte; die Töne gestalteten sich zur Melodie,

welche zuweilen auch Worte trug; diese waren vom
Gesange nicht zu trennen; in solcher Weise entstanden
mehrere kleine Gedichte, rhythmische und voller Stim=
mung. Sie wurden mit gedämpfter Stimme gesungen;
es war, als wenn sie scheu und furchtsam, gehört zu
werden, in die Einsamkeit hinschwebten.

> Wie der Wind flattert Alles dahin,
> Keine bleibende Stätte beschieden;
> Deine Rosen der Wangen, dahin!
> Selbst die Thräne vertrocknet hienieden.
>
> Deshalb laß nicht betrüben den Sinn,
> Denn der Kummer verflattert im Winde;
> Wie das Laub flattert Alles dahin,
> Zeit und Menschen vergehen geschwinde.
>
> Alles schwindet — die Jugend dahin!
> Auch die Hoffnung; dein Liebstes wird schwinden;
> Wie der Wind flattert Alles dahin,
> Und kein Sieg an dein Herz läßt sich binden.

„Woher hast du das Lied und die Melodie?"
fragte der Singemeister, als er zufällig Musik und
Worte niedergeschrieben sah.

„Es kam so einmal von selbst, das und alle
diese hier. Sie fliegen nicht weiter in die Welt
hinaus!"

„Ein trübes Gemüth setzt auch Blüthen an!"
sagte der Singemeister, „aber trübes Gemüth darf nicht
regieren, jetzt setzen wir die Segel bei und steuern auf

das nächste Debut. Was meinst du zu „Hamlet", dem kummervollen jungen Prinzen von Dänemark?"

„Ich kenne Shakespeare's Tragödie," sagte Peter, „aber noch nicht die Oper von Thomas."

„Ophelia hätte die Oper heißen müssen", sagte der Singemeister. „Shakespeare hat in der Tragödie die Königin uns den Tod Ophelia's erzählen lassen, und dieser ist gleichsam der Höhepunkt in der musikalischen Bearbeitung geworden; man sieht mit dem Auge und vernimmt in Tönen das, was wir früher nur als Erzählung der Königin hörten:

Es hängt ein Weidenbaum quer übern Bach,
Und spiegelt sein grau Laub im klaren Strom,
An welchem sie phantastisch Kränze wand,
Von Hahnkamm, Nesseln, Maßlieb, Purpurblumen,
Die gröber wohl der freie Schäfer namt,
Doch Todtenfinger sagt die kalte Maid.
Als an gebogne Zweig' ihr Feldgeflecht
Sie klomm zu hängen, brach ein falscher Ast;
Und sie, mit ihren rankigen Trophäen,
Fiel in den weinenden Bach. Ihr Rock, weitbauschend,
                              trug sie,
Als Meerfräulein, ein Weilchen noch empor;
Indeß sie Bruchstück alter Lieder sang,
Wie fühllos für ihr Unglück, oder wie
Ein Fluthgeschöpf, geboren und begabt
Für dieses Element.*)

---

*) Shakespeare's „Hamlet", Volksausgabe von Max Moltke.

Die Oper führt uns dieses vor Augen; wir sehen Ophelia; sie kommt spielend, tanzend, das alte Volkslied vom Meermann singend, der die Menschen an sich in die Fluthen hinablockt, und während sie singt und Blumen pflückt, hört man aus dem tiefen Gewässer dieselben Töne, sie lauten wie Chorgesang lockend herauf; sie lauscht, sie lächelt, nähert sich dem Uferrand, hält sich an der hängenden Weide und beugt sich hinab, um die weißen Wasserlilien zu haschen; langsam gleitet sie auf dieselben hinaus, ruht singend auf den breiten Blättern, schaukelt auf diesen und wird vom Strom auf die Tiefe hinausgeführt, wo sie, wie die losgerissene Blume versinkt, umtönt von den Melodien der Gewässer; der Mond wirft sein melancholisches Licht über die Scene.

Es ist, als seien Hamlet, seine Mutter, ihr Buhle und der, die Rache heraufbeschwörende König nur dazu da, um zu jener großen Scene den reichen Bilderrahmen zu gestalten.

So wie wir in der Oper Faust nicht Goethe's „Faust" bekommen, so auch hier nicht Shakespeare's „Hamlet". Das Speculative ist kein Stoff für die Musik, es ist das Liebesverhältniß dieser beiden Tragödien, welches sich zu einer Dichtung in Tönen gestaltet.

Die Oper Hamlet wurde in Scene gesetzt. Die Darstellerin der Ophelia war hinreißend, die Sterbescene war von großer Wirkung, aber Hamlet selbst erhielt diesen Abend eine sympathetische Größe, eine Cha=

rakftervollendung, die sich mit jeder Scene steigerte, in welcher er auftrat. Man erstaunte dabei über den Umfang der Stimme des Sängers, über die Frische in den hohen, wie in den tiefen Tönen, sowie darüber, daß er mit gleich glänzendem Erfolg Hamlet und Georg Brown darzustellen vermochte.

Die Gesangspartien in der Mehrzahl der italienischen Opern sind ein Canevas, in welches der begabte Sänger und die begabte Sängerin ihre Seele und Genie hinein legen und die bunten wogenden Farben zu den Gestalten erheben, welche die Dichtung erheischt; um wie viel herrlicher müssen sie sich demnach offenbaren können, wo die Töne gelegt und geleitet sind durch Auffassung des Charakters, und das haben Gounod und Thomas verstanden.

Die Gestalt Hamlets in der Oper erhielt an diesem Abend Fleisch und Blut, sammelte und erhob sich zur Hauptperson der Dichtung. Unvergeßlich blieb die Nachtscene auf der Bastion, in welcher Hamlet den Geist seines Vaters zum ersten Male sieht; die Scene im Schlosse vor der errichteten Schaubühne, wo er die Gifttropfen der Worte ausschleudert, die entsetzliche Begegnung mit der Mutter, bei welcher der Geist des Vaters racheschreiend dem Sohne gegenüber steht, und endlich, welche Gewalt im Gesange, welche Töne beim Tode Ophelia's! War und blieb sie auch die sympathetische Lotusblume auf dem tiefen, finstern See, dessen Wellen ringsum mächtiger in die Seele des

Zuschauers eingriffen, Hamlet war an diesem Abende die Hauptgestalt. Der Triumph war ein vollkommener.

„Woher hat der Mensch doch Das?" sagte die Frau des reichen Handelsherrn und dachte an Peter's Eltern und an die Großmutter in der Dachwohnung. Der Vater war Lagerpacker gewesen, brav und ehren= werth, war als Soldat auf dem Felde der Ehre ge= fallen, die Mutter wäscht für die Leute, — die hätten dem Sohne keine Bildung geben können, aufgewachsen war er in der Armenschule — und was konnte wohl Großes während einer Zeit von zwei Jahren ein Pro= vinzial=Professor ihm von höheren Schulkenntnissen bei= gebracht haben?

„Das ist das Genie!" sagte der Handelsherr; „das Genie! Das wird geboren — von Gottes Gnaden."

„Freilich!" sagte die Frau und faltete bei dem Gedanken die Hände, als sie mit Peter sprach. „Sind Sie nun auch recht von demüthigem Herzen Gott dankbar für das, was er Ihnen verliehen hat?" sagte sie. „Der Himmel ist Ihnen unbegreiflich gnädig ge= wesen! Alles ist Ihnen gegeben. Sie wissen nicht, wie ergreifend Ihr Hamlet ist! Sie selbst haben kaum eine Vorstellung davon. Ich habe sagen hören, daß auch viele große Dichter selbst nicht wissen, was sie Herrliches geschaffen, die Philosophen müssen es ihnen erst klar machen. Woher haben Sie Ihren Hamlet herauf= beschworen?"

„Ich habe über den Charakter nachgedacht, einen Theil von dem gelesen, was über die Shakespeare'sche Dichtung geschrieben ist, und mich nachdem auf der

Bühne ganz in Person und Handlung eingelebt, — ich gebe meinen Theil und der liebe Gott den seinen dazu.

„Gott!" wiederholte sie mit einem halb vorwurfsvollen Blicke, „sprechen Sie hier nicht von Gott! Er gab Ihnen die Befähigung, aber Sie glauben doch nicht, daß er mit Theater und Oper zu schaffen hat!"

„Ja gewiß glaube ich das!" antwortete Peter frei. „Auch dort ist seine Kanzel, den Menschen gegenüber, und dort hört die Mehrzahl oft besser zu, als in der Kirche."

Sie schüttelte den Kopf. „Gott ist zugegen in Allem, was schön und gut ist, aber hüten wir uns, seinen Namen zu mißbrauchen. Es ist eine Gnade Gottes, ein großer Künstler zu werden, aber besser ist es doch, ein guter Christ zu sein!" Felix würde im Gespräch mit ihr niemals Theater und Kirche zusammen genannt haben, das fühlte sie und war dabei erfreut.

„Jetzt haben Sie sich mit meiner Mutter verdorben!" sagte Felix lächelnd.

„Das war aber durchaus nicht meine Absicht."

„Nehmen Sie das nicht so feierlich! Sie werden wieder zu Gnaden angenommen, wenn Sie Sonntag in die Kirche gehen! Stellen Sie sich neben ihren Stuhl und blicken Sie rechts hinauf, dort in dem Pulpitur sitzt ein kleines Gesicht, das wohl des Anschauens werth ist: die hübsche Tochter der verwitweten Frau Baronin. Das ist ein gutgemeinter Rath und ich gebe Ihnen noch einen: Sie können nicht wohnen bleiben, wo Sie jetzt wohnen! Beziehen Sie doch eine größere Wohnung mit einer anständigen Treppe! oder wenn Sie den Singemeister nicht verlassen wollen, so sorgen Sie dafür, daß er besser wohnt; er hat Vermögen und kann es, und Sie haben ja ganz gute Einnahmen. Sie müssen auch eine Gesellschaft geben, eine Abendgesellschaft; ich könnte das selbst thun und werde es auch, aber Sie können einige der kleinen Tänzerinnen einladen! — Sie sind ein glücklicher Mensch! aber ich glaube, so wahr ich lebe, Sie verstehen noch gar nicht, wie ein junger Mann leben muß!"

Das verstand aber Peter gerade, in seiner Weise; mit seinem vollen, warmen jungen Herzen liebte er die Kunst, sie war seine Braut, sie beantwortete seine Liebe, erhob ihn zum Sonnenschein und zur Freude; der Mißmuth, welcher ihn gedrückt hatte, verflog bald, freundliche Augen blickten ihn an, Alle kamen ihm freundlich theilnehmend entgegen. Das Bernsteinherz, welches er noch immer auf der Brust trug und welches die Großmutter ihm umgehangen hatte, sei freilich ein Talisman; — ja, das glaubte er, denn ganz frei von Aberglauben, man könnte es auch kindlichen Glauben nennen, war er nicht. Jede geniale Natur hat etwas von demselben, glaubt an ihren Stern. Die Großmutter hatte ihm die Kraft gezeigt, die im Bernstein enthalten sei; sein Traum hatte ihm gezeigt, wie aus dem Bernsteinherzen heraus ein Baum wuchs, welcher Decke und Dach zersprengte und Herzen von Silber und Gold zu Tausenden trug; das bedeute unstreitig:

im Herzen, in seinem eigenen warmen Herz liege seine Künstlermacht, durch welche er Tausende gewann und Aber=Tausende gewinnen würde.

Zwischen ihm und Felix waltete unleugbar eine Art Sympathie, wie verschiedenartig sie auch waren; Peter meinte, der Unterschied zwischen ihnen liege darin, daß Felix als der Sohn des reichen Mannes in Ver= suchungen aufgewachsen sei und Geld und Lust habe, sie zu kosten; er dahingegen sei glücklicher gestellt als Kind armer Leute.

Die beiden Kinder des Hauses schritten indeß weiter auf höhere Ziele zu. Felix würde bald Kammer= junker werden, und das ist die erste Stufe zum Kam= merherrn, und der hat den goldenen Schlüssel hinten. Peter, der stets Glücklichere, trug schon vorn, aber unsichtbar, den goldenen Schlüssel des Genies, welcher alle Schätze der Erde und auch die der Herzen aufschließt.

XV.

Es war noch Winterzeit, die Schlittenglocken klan= gen, die Wolken streuten Schnee; aber wo ein Son= nenstrahl hervorschoß, prophezeihte er Frühling. Es duftete und klang in der jungen Brust, es klang hinaus in malenden Tönen, die sich in Worte entfalteten:

Noch liegt die Erde in Schnee gehüllt,
Lustig wird noch auf Schlittschuh gefahren;
Reif an den Bäumen, und Krähengebahren,
Feld und Wiese mit Nebel erfüllt. —
Der Morgen wird aber schon anders tagen,
Die Sonne wird baß die Wolle verjagen,
Der Lenz wird brechen herein fürwahr!
Aufgespielt Musikanten! Du Vogelschaar!
Stimm ein! Stimm ein:
Die Winterzeit wird vorüber sein!

Oh welcher Kuß von der Sonne warm,
Komm! hier sind Veilchen und Waldmeisterdüfte;
Wälder und Felder sind nicht mehr arm,
Alles belaubt und begrünt! Laue Lüfte!
Der Gucuck schreit ja, du wirst ihn versteh'n,
Und viele Jahr' wirst das Wunder du seh'n.
Die Welt ist jung, sei jung du mit ihr!
Jub'ln laß Zunge und Herz in Lenzeslust schier,
Fröhlich und frei,
Nimmer die Jugendzeit ist vorbei!

Nimmer die Jugendzeit ist vorbei!
Sonne und Sturm, Freude und Schmerzen,
Wechseln ab in dem menschlichen Herzen,
Ja, unser Leben ist schier Zauberei!
Du Ebenbild Gottes, oh, du wirst besteh'n,
Wirst wie ein flüchtiger Schein nicht vergehn.
Gott und Natur, ewig jung ihr ja seid!
Lenz, lehre du uns zu jubeln in Freud';
Vögelein alle, stimmt ein! fröhlich, frei:
Nimmer die Jugendzeit ist vorbei!

„Das ist eine ganze Tonmalerei", sagte der Singemeister, „und für Chor und Orchester gut gearbeitet. Es ist das beste von allen deinen Stimmungsstücken.

Du mußt wahrlich daran gehen, Generalbaß zu treiben, wenn es auch nicht deine Bestimmung ist, Componist zu werden."

Junge Musikfreunde brachten indeß das Lied zur Aufführung in einem größeren Concert, wo es Aufmerksamkeit, aber keine Erwartungen erregte. Die Bahn unsers jungen Freundes war gebrochen; seine Größe und Bedeutung lag nicht nur in dem sympathischen Klang der Stimme, sondern in seiner bedeutenden dramatischen Befähigung; das hatte er als Georg Brown und als Hamlet bewiesen. Er zog übrigens die eigentliche Oper dem Singspiel vor. Dieses Uebergehen von Gesang zur Rede und wieder zum Gesang, war seinem natürlichen Sinn zuwider; „es ist," sagte er, „als wenn man von einer marmornen Treppe auf eine Holztreppe, ja oft auf eine Hühnerstiege hinausgeriethe, und dann wieder auf Marmor. Die ganze Dichtung muß durchgehend in Tönen leben und athmen."

Die Zukunftsmusik, wie die neuere Richtung der Oper genannt wird, deren Bannerträger namentlich Wagner ist, erhielt an unserm jungen Freund einen Vertheidiger und Bewunderer. Er fand hier die Charaktere klar gezeichnet, die Recitative gedankenvoll, die ganze Handlung im dramatischen Vorwärtsschreiten ohne Stillstehen durch immer zurückkehrende Melodien begriffen. „Es ist doch eine Unnatur mit diesen großen eingelegten Arien!"

„Ja, mit den eingelegten!" sagte der Singemeister,

"aber wo sie, wie bei der Mehrzahl der großen Meister, wie ein mächtiger Theil des Ganzen erscheinen, da sollen und müssen sie sein! Gehört das Lyrische irgend wo hin, ist es in die Oper!" Und er nannte aus „Don Juan" die Arie Ottavios: „Thränen vom Freunde getrocknet!" — Wie ist diese Arie gleich einem herrlichen Waldsee, an dessen Ufern man reist und von den Strömungen des Tannenwaldes ganz erfüllt wird. Ich beuge mich vor der Tüchtigkeit in der neuen musikalischen Richtung, aber ich tanze nicht mit dir um ihr goldenes Kalb! Es ist auch nicht deine Herzensmeinung, die du ausspricht, oder auch ist sie dir selbst nicht klar."

"In einer von Wagner's Opern will ich auftreten!" sagte unser junger Freund, „kann ich meine Herzensmeinung nicht in Worten behaupten, so will ich es in Gesang und Spiel."

Die Wahl fiel auf Lohengrin, den jungen geheimnißvollen Ritter, welcher im Kahne vom Schwan gezogen den Scheldefluß hinangleitet, um für Ella von Brabant zu kämpfen. Wer hatte wohl das erste Lied der Begegnung, das Herzensgespräch in der Brautkammer und das Abschiedslied, wo die weiße Taube der heiligen Gral den jungen Ritter umflattert, welcher kam, siegte und — verschwand, so hinreißend gesungen und gegeben, wie Peter!

Dieser Abend war für unsern jungen Freund womöglich noch ein Schritt vorwärts in künstlerischer

Größe und Bedeutung und für den Singemeister ein Schritt vorwärts in Erkenntniß der Zukunftsmusik. —
"Mit Bedingungen!" sagte er.

XVI.

Eines Tages begegneten sich Peter und Felix in der jährlichen großen Gemäldeausstellung vor dem Portrait einer jungen, schönen Dame, der Tochter der verwitweten Frau Baronin, wie die Mutter allgemein genannt wurde, deren Salon ein Sammelplatz der vornehmen Welt und eines Jeden von Bedeutung in Kunst und Wissenschaft. Die junge Baroneß war in ihrem sechszehnten Jahre, ein unschuldiges, reizendes Kind. Das Bild war ähnlich und künstlerisch aufgefaßt und festgehalten.

"Treten Sie in den Saal hier nebenan!" sagte Felix; "dort steht die junge Schönheit selbst und auch ihre Mutter."

Diese standen in der Anschauung eines charakteristischen Bildes versunken; das Bild stellte die Campagne vor und in derselben ritten zwei junge Eheleute auf einem und demselben Pferde dahin, während sie sich gegenseitig festhielten. Die Hauptfigur war indeß ein junger Mönch, welcher die beiden glücklichen Reisenden betrachtete. Es waltete ein trauriger, träumerischer Ausdruck im Antlitz des jungen Mannes ob,

man las in demselben seine Gedanken, seine Lebens=
geschichte: ein verfehltes Ziel, das Glücklichste verloren!
Das Menschenglück in der Liebe hatte er nicht ergriffen.

Die Mutter sah Felix, welcher sie und ihre schöne
Tochter ehrerbietig grüßte; Peter zollte ihnen die ge=
wöhnliche Höflichkeit. Die Mutter erkannte ihn sofort
und nachdem sie mit Felix gesprochen hatte, drückte sie
Peter die Hand und richtete einige freundliche verbind=
liche Worte an ihn:

„Ich und meine Tochter gehören der Zahl Ihrer
Bewunderer an!" sagte sie.

Wie vollendet schön war das junge Mädchen in
diesem Augenblick! Ihre sanften, klaren Augen schauten
ihn fast mit Dankbarkeit an.

„Ich sehe in meinem Hause," sagte die Baronesse,
„viele der bedeutendsten Künstler; wir gewöhnlichen
Menschen sind der geistigen Anregung bedürftig. Sie
werden herzlich willkommen sein! Unser junger Diplo=
mat," sie deutete auf Felix, „wird Sie das erste Mal
begleiten, später darf ich hoffen, daß Sie den Weg
allein finden!"

Sie lächelte ihn an; das junge Mädchen reichte
ihm die Hand, natürlich und herzlich, als hätten sie
einander lange gekannt.

Im Spätherbst, an einem kalten regnigten Abend,
schritten die beiden jungen Männer, die an einem
Tage im Hause des Handelsherrn geboren waren, zu=

sammen durch die Straßen der Stadt. Das Wetter war zum Fahren, nicht zum Gehen, wenigstens nicht für den Sohn des reichen Mannes und den ersten Sänger des Theaters; aber sie gingen trotzdem, wohl eingehüllt, Galoschen an den Füßen, Beduinkapuze auf dem Kopfe.

Von der rauhen Luft her betraten sie die mit Luxus und Geschmack eingerichtete Wohnung der Baronin, die durch den Gegensatz etwas Feenhaftes bekam. In der Vorstube zur linken Seite der mit Teppichen belegten Treppe prangte ein Flor von Blumen zwischen Gebüsch und Fächerpalmen; ein kleines Springwasser plätscherte im Bassin, umgeben von hohen Callaen.

Der große Gesellschaftssaal war prächtig erhellt und ein großer Theil der Gesellschaft schon versammelt. Es entstand bald fast eine Art Gedränge; man trat auf seidene Schleppen und auf Spitzen, umbraust von dem klingenden Mosaik der Conversation, im Ganzen gewiß des am wenigsten Werthvollen von all dieser Herrlichkeit.

Wäre Peter ein eitler Mensch gewesen, was er nicht war, so hätte er sich einbilden können, es sei ein Fest für ihn veranstaltet, so herzlich war der Empfang von Seiten der Frau vom Hause und der lebensstrahlenden Tochter. Junge und ältere Damen, ja auch Herren sagten ihm Annehmlichkeiten.

Es wurde musizirt; ein junger Verfasser las ein wohlgeschriebenes Gedicht vor; es wurde gesungen und man zeigte feinen Tact, daß man von keiner Seite un=

fern jungen gehuldigten Sänger darum anging, durch sein Talent das Ganze zu krönen. Die Frau vom Hause war die aufmerksamste Wirthin, geistreich und herzlich in dem reichen Salon.

Das war der Eintritt in die große Welt. Bald war unser junger Freund auch hier einer der Auserwählten im engeren Familienkreise.

Der Singemeister schüttelte den Kopf und lachte.

"Wie du jung bist, lieber Freund!" sagte er, "daß es dir Vergnügen macht, mit diesen Menschen zu verkehren! Sie mögen an und für sich brave Leute sein, aber sie übersehen uns Bürgerlichen. Einigen unter ihnen ist die Aufnahme von Künstlern und den Fetirten des Augenblickes in ihren Kreis nur eine Sache der Eitelkeit, ein Amüsement. Andere gebrauchen Euch wiederum als eine Art Schild der Bildung; Ihr gehört zum Salon wie die Blumen in die Vase; Ihr putzt und wenn Ihr es nicht mehr thut, wirft man Euch fort."

"Wie bitter und unbillig!" sagte Peter, "Sie kennen diese Menschen nicht und wollen sie nicht kennen!"

"Nein!" antwortete der Singemeister. "Ich gehöre nicht unter sie! Du auch nicht! und das wissen sie Alle und vergessen es keinen Augenblick. Sie streicheln und beschauen dich wie man das Vollblutspferd streichelt und beschaut, welches auf der Rennbahn einen Sieg davontragen soll. Du gehörst zu einer anderen Race, als sie. Sie lassen dich fallen, wenn du nicht mehr in der Mode sein wirst. Begreifst du das nicht?

Du bist nicht stolz genug! — Du bist eitel und zeigst es grade dadurch, daß du den Umgang jener Hoch= gestellten suchst."

„Wie ganz anders würden Sie sprechen und ur= theilen," sagte Peter, „wenn Sie die Baronin und einige meiner neuen Freunde Ihres Kreises kennten!"

„Ich werde sie nicht kennen lernen!" sagte der Singemeister.

Wann wird denn die Verlobung declarirt!" fragte Felix eines Tages. „Ist es Mutter oder Tochter?" und er lachte. „Nehmen Sie die Tochter nicht, sie werden die ganze adelige Jugend gegen Sie aufbringen; auch ich werde Ihr Feind und der blutdürstigste!"

„Wie meinen Sie das?" fragte Peter.

„Nun, Sie sind ja der Begünstigte! Sie kom= men und gehen zu jeder Zeit. Mit der Mutter wür= den Sie Vermögen bekommen und in gute Familie gerathen."

„Halten Sie mit dem Scherze ein!" sagte Peter. „Was Sie da sagen, ist wenig amüsant!"

„Es soll auch nicht amüsant sein!" antwortete Felix. „Es ist der feierlichste Ernst! Denn Sie wollen doch Ihro Gnaden die Baronin nicht sitzen lassen, trauernd, eine Doppelwitwe!" —

„Lassen Sie die Baronin aus dem Spiele," sagte Peter; „machen Sie sich über mich lustig, aber nur über mich allein, und ich werde Rede und Antwort stehen!"

„Es wird Niemand einfallen, daß es Ihrerseits eine Inclinationspartie wäre!" fuhr Felix fort. „Sie steht ein wenig außerhalb der Schönheitslinie! — Nun, man lebt nicht allein von Geist!"

„Ich hätte Ihnen mehr Bildung und Verstand zugetraut," sagte Peter, „als daß Sie in solcher Weise von einer Dame reden würden, die Sie hochachten sollten und in deren Haus Sie verkehren. Und ich dulde es nicht länger!"

„Was wollen Sie denn beginnen?" fragte Felix. „Wollen Sie sich schlagen?"

„Ich weiß, daß Sie es gelernt haben und ich nicht; aber ich kann es lernen!" und er verließ Felix.

Ein paar Tage später begegneten sich die beiden Hauskinder wieder, der Sohn von der Bel=Etage und der Sohn von der Dachwohnung. Felix redete Peter an, als wenn kein Bruch zwischen ihnen stattgefunden dieser antwortete höflich aber kurz.

„Was ist nun das!" sagte Felix. „Wir Beide waren letzthin ein wenig pikirt; aber einander ein bis= chen aufziehen muß man, deshalb ist man auch kein Laffe! Ich liebe es nicht zu Haufen zu tragen, ver= gessen und verzeihen wir!"

„Können Sie sich selbst die Art und Weise ver= zeihen, in welcher Sie von einer Dame sprachen, der wir Beide Hochachtung schulden?"

„Ich sprach sehr honnettement!" sagte Felix; „in

der vornehmen Welt spricht man auch zuweilen mit dem Rasirmesser, aber es ist nicht so schlimm gemeint! Es ist eben das Salz, das zu dem matten Fisch des Alltagslebens gehört, wie der Poet sagt. Wir Alle sind ein wenig boshaft. Sie verstehen es auch ganz gut Einen zu träufeln, Freundchen, so einen kleinen unschuldigen Tropfen, der da beißt!"

Bald sah man die Beiden Arm in Arm auf der Straße. Felix wußte sehr wohl, daß mehr als eine junge schöne Dame, die sonst an ihm vorübergehen würde, ohne ihn anzusehen, ihn nun, wo er mit dem „Ideal von der Bühne" ging, bemerkte. Das Lampenlicht wirft stets einen Schönheitsschein auf den Held und Liebhaber des Theaters; derselbe umleuchtet ihn noch, wenn er sich auf der Straße bei Tageslicht zeigt, aber verlöscht dort in der Regel. Die Mehrzahl der Bühnenkünstler gleichen dem Schwan, man muß ihn in seinem Element, nicht auf dem Straßenpflaster, nicht auf öffentlicher Promenade sehen. Es giebt indeß Ausnahmen, und zu diesen gehörte unser junger Freund. Seine Persönlichkeit außerhalb der Bühne zerstörte nie das Gedankenbild, welches man von ihm als Georg Brown, als Hamlet und als Lohengrin erhalten hatte. — Es waren dieses die Gestalten der Dichtung und der Töne, welche so manches junge Herz mit dem Menschen selbst verschmolz und diesen zum Ideal erhob. — Er wußte, daß dieses so geschah und er fand auch eine Art von Gefallen daran. Er fühlte sich glücklich in seiner Kunst und bei den Mitteln, die er besaß, um

sie auszuüben; allein es konnten auch Schatten sich
auf dieses jugendfrohe Antlitz legen, und alsdann klang
von dem Clavier die Melodie zu den Worten:

Alles schwindet — die Jugend dahin!
Auch die Hoffnung; dein Liebstes wird schwinden;
Wie der Wind flattert Alles dahin,
Und kein Sieg an dein Herz läßt sich binden.

„Wie wehmüthig!" sagte die Baronin; „Sie haben
das Glück im vollsten Maße! Ich kenne Niemand,
der glücklich wie Sie ist!"

„Wolle Niemanden glücklich heißen bis er in der
Gruft liegt! sagte ja der weiße Solon," antwortete
Peter und lächelte durch den Ernst. „Es wäre ein Un=
recht, eine Versündigung, wenn ich in meinem Herzen
nicht dankbar fröhlich wäre. Ich bin es! Ich bin dank=
bar für das mir anvertraute Gut, aber dieses selbst
schätze ich in anderer Weise als Andere. Es ist ein
schönes Feuerwerk, welches aufflammt und erlischt.
Das Werk des Bühnenkünstlers ist verschwindend. Die
ewig leuchtenden Sterne können durch die Meteore des
Augenblicks in Vergessenheit gerathen, aber wenn diese
erlöschen, bleibt von ihnen keine andere Spur als die
alten Aufzeichnungen. Ein neues Geschlecht kennt sie
nicht und kann sich kaum Vorstellung von denjenigen
machen, die von der Bühne herab ihre Großeltern
hinrissen; die Jugend jubelt vielleicht ebenso laut und
innig bei dem Glanze von Messing als die Alten
einst bei dem Glanze des echten Goldes. Weit glück=
licher gestellt als der scenische Künstler ist der Dichter,

der Bildhauer, der Maler und der Componist. Mögen sie bei Lebzeiten in dürftigen Verhältnissen sein, die verdiente Anerkennung vermissen, während der Träger ihrer Werke in Luxus übermüthig lebt, — laßt die Menge die stark gefärbte Wolke bewundern und die Sonne vergessen, jene verdunstet, die Sonne leuchtet und strahlt kommenden Geschlechtern."

Er setzte sich ans Clavier und phantasirte so gedankenreich, so mächtig wie noch nie.

"Wunderbar schön!" rief die Baronin. "Es war als hörte ich die Geschichte eines ganzen Lebens! Sie gaben uns das hohe Lied des Herzens in Tönen!"

"Ich mußte dabei an Tausend und eine Nacht denken," sagte das junge Mädchen, "an die Glückslampe, an Aladdin!" und sie blickte mit unschuldvollen thränenden Augen vor sich hin.

"Aladdin!" wiederholte er.

Dieser Abend war ein Wendepunkt seines Lebens. Ein neuer Abschnitt begann sicherlich.

Was mochte in ihm vorgehen während dieser hinbrausenden Jahre?

Die frische Farbe verschwand von seinen Wangen; die Augen strahlten weit heller als ehedem. Schlaflose Nächte verlebte er, aber nicht bei wilden Orgien wie so mancher große Künstler; er war weniger gesprächig, aber fröhlicher geworden.

"Was ist's, das dich so erfüllt?" fragte sein Freund, der Singemeister; "du vertraust mir nicht Alles an!"

Der Glücks=Peter.

"Ich denke daran wie glücklich ich bin!" antwortete er — "ich denke an den armen Knaben! Ich denke an — Aladdin!"

XVII.

Nach den Forderungen, welche das in Armuth geborene Kind oft lange behält, führte Peter jetzt ein wohlhabendes, angenehmes Leben; er war so wohlhabend, daß er, wie Felix einmal sagte, wohl seine Freunde zu einem ordentlichen lustigen Abend einladen könne. Er dachte daran, aber erst dachte er an die beiden frühesten der Freunde, die Mutter und die Großmutter; ihnen und sich selbst bereitete er einen Festtag.

Es war prächtiges Frühlingswetter; die beiden Alten sollten mit ihm außerhalb der Stadt fahren und ein kleines Landhaus besuchen, welches der Singemeister kürzlich angekauft habe. Indem er in den Wagen steigen wollte, trat eine Frau, ärmlich gekleidet, etwa in den Dreißigern, an ihn heran; sie übergab ihm ein Promemoria, welches von Madame Hof empfehlend bescheinigt war.

"Kennen Sie mich nicht?" sagte die Frau. "Das kleine Lockenköpfchen" hieß man mich! Die Locken sind hin, vieles Andere ist hin, aber es giebt noch gute Menschen! Wir Beide haben im Ballet zusammen gewirkt. Sie sind besser gestellt worden, als ich, sind ein mächtiger Mann geworden! Ich bin nun von zwei Männern geschieden und nicht mehr beim Theater."

Ihr Promemoria lautete dahin, daß sie gern in Besitz einer Nähmaschine kommen möchte.

„In welchem Ballet haben wir Beide zusammengewirkt?" fragte Peter.

„Im Tyrann von Padua," antwortete sie; „wir waren da Beide Pagen in blauem Sammet und Barret; entsinnen Sie sich nicht der kleinen Amalie Knallerup! Ich ging gerade hinter Ihnen in dem Aufzug!"

„Und traten mich an den Beinen hinauf!" sagte Peter lachend.

„That ich das?" sagte sie, „dann habe ich zu lange Schritte gemacht. Sie sind aber doch weit schneller vorgeschritten! Sie haben es verstanden, nicht allein die Beine sondern auch den Kopf zu gebrauchen!" Und sie blickte ihn mit ihrem betrübten Gesicht kokett schmeichelnd an in dem Bewußtsein, ein geistreiches Compliment gesagt zu haben. Peter war freigebig: sie solle die Nähmaschine haben, versprach er. „Das kleine Lockenköpfchen" sei ja auch Eins derjenigen gewesen, die ihn vom Ballet auf eine glücklichere Bahn hineingestoßen hatten.

Bald hielt er vor dem Hause des Handelsherrn und stieg hinauf zur Mutter und Großmutter; sie waren in ihren besten Kleidern und hatten gerade zufällig Besuch von Madame Hof, die sofort zum Mitfahren eingeladen wurde, was einen schweren Kampf bei ihr hervorrief, der damit endigte, daß sie Herrn Hof einen

Laufzettel mit der Meldung sandte, daß sie die Ein=
ladung angenommen habe.

„Aber all' die feinen Grüße, die Peter bekommt!"
sagte sie.

„Wie herrschaftlich man fährt!" sagte die Mutter,
„und in einem prächtigen gemächlichen Wagen!" sagte
die Großmutter.

In kurzer Entfernung von der Stadt, dicht an
an dem königlichen Parke, lag ein kleines freundliches
Haus, umgeben von Weinlaub und Rosen, Nußbüschen
und Obstbäumen. Hier hielt der Wagen, hier war das
Landhaus. Sie wurden von einem alten Mädchen
empfangen, einer guten Bekannten von Mutter und
Großmutter; sehr oft hatte die Alte diesen beim Waschen
und Plätten geholfen.

Der Garten wurde besehen, das Haus wurde be=
sehen. Ach, hier sei namentlich ein reizendes Ding,
ein Glashäuschen mit prächtigen Blumen; es stand
in Verbindung mit der Wohnstube. Die Thüre, die
hineinführte, ließ sich bei Seite ganz in die Wand ein=
schieben. „Das ist grade wie eine Coulisse," sagte
Madame Hof. „Sie geht durch Handkraft und so sitzt
man hier grad' wie in einem Vogelbauer mit Vogel=
kraut belegt. Das heißt ein Wintergarten!"

Das Schlafzimmer war in seiner Art ebenso
schön. Lange, dichte Vorhänge an den Fenstern, weicher
Fußteppich und zwei Lehnstühle, ausnehmend gemäch=
lich; Mutter und Großmutter mußten darin zu sitzen
versuchen.

„Man wird ganz faul, wenn man drin sitzt!" sagte die Mutter.

„Man verliert ganz seine Schwere," sagte Madame Hof. „Ja hier könnt Ihr beiden Musikmenschen in Gemächlichkeit schwimmen nach den Theateranstrengungen. Die habe ich auch gekannt! Ja, denkt Euch, mir träumt manchmal noch, ich mache Battements, und Hof macht Battements neben mir! ist das nicht reizend! „„zwei Seelen und ein Gedanke!"" —

„Hier ist frischere Luft und mehr Platz, als in den zwei kleinen Stuben oben in der Dachwohnung!" sagte Peter strahlenden Blickes.

„Das ist hier!" sagte die Mutter. „Aber dort zu Hause ist auch gut sein! Dort habe ich dich geboren, mein süßer Junge, und mit deinem Vater gelebt!"

„Hier ist besser!" sagte Großmutter. „Hier ist es eine ganz herrschaftliche Wohnung! Ich gönne dir und dem prächtigen Menschen, dem Singemeister, diese friedliche Heimath."

„Und ich gönne sie dir, Großmutter! und dir, liebe, herzliebe Mutter! Ihr Beide sollt immer hier wohnen und nicht, wie drin in der Stadt, so viele Treppen steigen und es so enge und so klein haben! Ihr sollt eine helfende Hand hier draußen haben, und mich eben so oft sehen wie in der Stadt. Freut Ihr Euch dabei? Seid Ihr's zufrieden?"

„Was ist denn doch das Alles, was der Junge da steht und sagt?" sagte die Mutter.

„Das Haus, der Garten, das Ganze gehört dir, Mütterchen, dir, Großmutter! Dahin habe ich gestrebt, daß ich Euch das geben könnte; mein Freund, der Singemeister, hat mir treulich geholfen, es in Ordnung zu bringen."

„Was ist denn das Alles, was du sagst, Kind?" rief die Mutter. „Du willst uns ein Landhaus, einen Herrensitz schenken! Du lieber guter Junge, ja du thätest es gern, wenn du es könntest!"

„Es ist Ernst!" sagte er. „Das Haus gehört dir und der Großmutter!" Und er küßte sie Beide und brach in Thränen aus. Madame Hof weinte gleichfalls.

„Das ist der glücklichste Augenblick meines Lebens!" rief Peter und umarmte sie alle Drei.

Jetzt mußten sie aber Alles nochmals besehen, es sei ja ihr eigenes. Für das Blumenbeet zu fünf, sechs Töpfen auf dem Dache hatten sie nun das kleine niedliche Glashäuschen; für den Eßschrank war hier eine luftige Speisekammer und die Küche war gar ein ganzes Wärmestübchen für sich. Der Schornstein hatte Ofen= und Kocheinrichtungen; der sehe aus wie ein großes, blankes Plätteisen, sagte die Mutter.

„Jetzt habt Ihr denn auch, wie ich, einen Ofen= winkel!" sagte Madame Hof. „Hier ist es königlich! Ihr habt Alles erreicht, was Menschen auf dieser Erde erreichen können, und du auch, mein eigen fetirter Freund!"

„Nicht Alles!" sagte Peter.

„Nun, das Frauchen, das kommt schon!" sagte Madame Hof. „Ich habe sie schon, die Frau für dich! Ich habe sie am Gefühl! Aber ich werde schon den Mund halten! Du prächtiger Mensch! Ist es nicht gerade wie ein Ballet, das Ganze!" Sie lächelte mit Thränen in den Augen, und das thaten auch die Mutter und die Großmutter.

XVIII.

Selbst den Text und die Musik zu einer Oper schreiben und selbst der Träger derselben auf der Bühne sein, das sei ein großes, ein glückseliges Ziel. Ein Talent hatte unser junger Freund gemeinsam mit Wagner, das nämlich, daß er selbst die dramatische Dichtung aufbauen konnte; allein hatte er wohl die Fülle von musikalischer Stimmung, wie dieser sie hat, um ein Tonwerk von Bedeutung zu schaffen?

Muth und Mißmuth wechselten ab. Er konnte jenen, seinen immerwährenden Gedanken nicht wieder los werden. Vor Jahr und Tag schoß derselbe leuchtend wie ein Phantasiebild hervor; jetzt war er eine Möglichkeit, ein Lebensziel geworden. Manche freie Phantasie auf dem Clavier war als ein Zugvogel von dieser Küste der Möglichkeit begrüßt worden. Die kleinen Romanzen, das charakteristische Frühlingslied prophezeihten das noch nicht sich erhebende Land der Töne; die Baronin er=

blickte hierin das Zeichen der Verkündigung, wie Columbus in den frischen Baumzweigen, welche die Meeresströmungen trugen, es sah, bevor er noch das Land selbst am Horizont erspähte.

Das Land war da! Das Kind des Glückes sollte es erreichen. Ein hingeworfenes Wort wurde der Gedankensame; sie, das junge, unschuldige Mädchen sprach das Wort: Aladdin.

Ein Glückskind wie Aladdin war unser lieber junger Freund! es strahlte in ihn hinein. Mit Verständniß und Lust las und las er wiederholt die schöne orientalische Dichtung; bald gestaltete sie sich in dramatischer Form, Scene auf Scene entstand in Wort und Musik, und je nachdem sie wuchsen, flossen die musikalischen Gedanken reicher; am Schluß der Dichtung war es, als sei nun erst der Tonbrunnen gebohrt, und der ganze reiche Schwall strömte hervor; aufs Neue durchcomponirte er seine Arbeit, und in kräftiger Gestalt entstand nun nach Monaten die Oper Aladdin.

Niemand wußte um dieses Werk, Niemand hatte so viel als einen Ton aus demselben vernommen, nicht einmal der theilnehmendste von allen Freunden, der Singemeister. Niemand im Theater fiel es ein, daß der junge Mann, der Abends durch seine Stimme und sein vortreffliches Spiel das Publikum hinriß, und den man so ganz in seiner Rolle leben und athmen sah, einige Stunden später noch inniger lebte, ja sich in ein mächtiges Werk von Tönen vertiefte, welches seine eigene Seele ausströmte.

Der Singemeister hatte keinen einzigen Tact aus der Oper Aladdin gehört, bevor sie fertig in Noten und Text auf seinen Tisch zur Durchsicht hingelegt wurde. Welches Urtheil würde er sprechen? Gewiß ein stren= ges und gerechtes. Der junge Componist schwebte zwi= schen der besten Hoffnung und dem Gedanken, das Ganze könne auch eine Selbsttäuschung sein.

Zwei Tage verstrichen, kein Wort wurde von dieser wichtigen Angelegenheit gewechselt. Endlich stand der Singemeister ihm gegenüber, die Partitur, die er jetzt kannte, in der Hand. Ein eigenthümlicher Ernst ruhte auf seinem Antlitz; wie sei derselbe zu deuten?

„Das hatte ich nicht erwartet!" sagte er; „das hatte ich dir nicht zugetraut. Ja, noch habe ich mir kein so klares Urtheil bilden können, daß ich es aus= zusprechen wage. Hin und wieder kommen Fehler in der Instrumentation vor — Fehler, die sich berichtigen lassen. Es ist Einzelnes dreist und neu, man muß es hören unter den berechtigten Bedingungen. Wie man bei Wagner Beeinflussung von Carl Maria von Weber spürt, so empfindet man bei dir einen Hauch von Haydn. Das Neue in dem, was du gegeben hast, steht mir noch etwas fern, du selbst stehst mir zu nahe, als daß ich der rechte Richter sein könnte. Ich will auch nicht richten; umarmen will ich dich!" rief er mit überströmender Freude. „Wie hast du dieses bewältigen können!" und er drückte ihn an sein Herz: „Glücklicher Mensch!"

Es dauerte nicht lange, so lief ein Gemurmel durch die Stadt, durch Zeitungen, durch „loses Gerede" von der neuen Oper von dem jungen gefeierten Sänger der Bühne.

„Das ist ein schlechter Schneider, der aus dem Abfall vom Schneidertische nicht eine Kinderjacke zusammenzuflicken vermöchte!" sagte Dieser und Jener.

„Text schreiben, ihn componiren und ihn selbst singen!" hieß es auch, „das ist ja ein Genie von drei Etagen! Aber er ist ja noch höher geboren — auf dem Dache!"

„Sie sind ihrer zwei dazu, er und der Singemeister!" sagten die Leute. „Jetzt geht die Trommel der Compagnie zur gegenseitigen Bewunderung!"

Die Oper gelangte zur Einstudirung. Die Mitwirkenden wollten keine Meinung aussprechen: „Es soll nicht heißen, das Urtheil sei vom Theater ausgegangen!" sagten sie, und fast alle machten ein ernstes Gesicht, welches keine Hoffnung strahlte.

„Es sind viele Hörner in dem Stücke!" sagte ein junger Hornist, welcher selbst componirte. „Wenn er sich nur nicht ein Horn in den Leib rennt!"

„Es ist genial, glänzend, voll Melodie und Charakter!" — Ja, das wurde auch gesagt.

„Morgen um diese Zeit wird also das Schaffot errichtet sein!" sagte Peter. „Das Urtheil ist vielleicht jetzt schon gesprochen!"

„Einige sagen, deine Oper sei ein Meisterwerk!" sagte der Singemeister; „Andere, sie sei ein Machwerk!"

„Und wo liegt die Wahrheit?"

„Die Wahrheit!" sagte der Singemeister; „ja, sage mir die Wahrheit! Blicke den Stern dort oben an! Sage mir, wo ist dort genau sein Platz. Schließe dein eines Auge! Du siehst ihn? Betrachte ihn nun mit dem andern Auge allein! Der Stern hat einen andern Platz eingenommen. Jedes Auge desselben Menschen sieht gar verschieden, wie verschieden muß nun die große Menschenmenge sehen!"

„Geschehe, was da geschehen muß!" sprach unser junger Freund; „ich muß meinen Platz in der Welt kennen, muß wissen, was ich kann und soll ausrichten oder aufgeben."

Der Abend der Entscheidung war da.

Ein gefeierter Künstler sollte höher gehoben oder sollte in seinem gigantischen eitlen Streben gedemüthigt werden: Knall oder Fall! Es war ein ganzes Stadtereigniß. Die Leute standen die Nacht durch vor dem Billet-Comptoir, um Plätze zu bekommen. Das Haus war überfüllt. Die Damen kamen mit großen Blumensträußen an, sollten diese wieder nach Hause getragen werden, oder sollten sie dem Siegenden zu Füßen fallen?

Die verwitwete Frau Baronin und ihre junge, schöne Tochter saßen in einer Loge über dem Orchester. Es war im Publikum eine Beweglichkeit, ein Gemurmel, welches plötzlich verstummte, indem der Capellmeister seinen Platz einnahm und die Ouverture begann.

Wer entsinnt sich nicht Henselt's Musikstück: „si l'oiseau j'étais", welches gleichsam ein jubelndes Vogelgezwitscher giebt. Hier war etwas mit dem Verwandtes: jubelnde, spielende Kinder, fröhliche Kinderstimmen, Mund in Mund; der Guckuck guckte mit hinein, die Drossel sang. Es war das Jubeln und Gespiel des unschuldigen Kindesgemüths, des Aladdingemüths; da rollte in dieses Alles hinein ein Gewitter, Nourebbin zeigte seine Macht, der Blitz schlug ein, zersprengte den Fels; weiche, lockende Töne wogten Klänge aus der Zaubergrotte, wo die Lampe leuchtete in der versteinerten Höhle, umbraust von den Flügelschlägen mächtiger Geister. Jetzt erklang Psalmengesang in Waldhorntönen, so sanft und weich, als entströme er eines Kindes Mund; ein einzelnes Horn wurde hörbar, und wieder eins, mehrere und immer mehrere schmolzen in dieselben Töne und erhoben sich darauf zu einer Fülle und Kraft, als sei es die Posaune des jüngsten Tages. Die Lampe sei in der Hand Aladdins! und es quoll ein Meer von Melodie und Erhabenheit, wie der Beherrscher der Geister und der Meister der Töne es zu bewältigen weiß.

Der Vorhang rollte unter einem Beifallsjubel empor, welcher gleich Fanfaren unter dem Taktstock des Capellmeisters tönte. Ein schöner, emporgeschossener Knabe spielte umher, so groß und doch so unschuldig. Aladdin sprang zwischen anderen Knaben umher. Großmutter hätte gleich gesagt: „Ja, das ist Peter, wie er spielte und sprang zwischen dem Ofen und der Commode zu Hause in der Dachwohnung; sein Gemüth ist um kein Jahr älter geworden!"

Mit welchem Glauben und Innigkeit sang er das Gebet, welches Noureddin ihm zu sprechen gebot, bevor er in das Felsgrab niederstieg, um die Lampe heraufzuholen. War es die rein fromme Melodie, war es die Unschuld, mit welcher sie gesungen wurde, die alle Zuhörer mit hinriß? Der Jubel wollte nicht enden.

Es würde den Eindruck profaniren geheißen haben, wäre dieses Lied wiederholt worden; man verlangte es da capo, aber bekam es nicht; der Vorhang fiel, der erste Act war zu Ende.

All Kritik war verstummt! Man war von Freude erfüllt, nur dazu gestimmt, in Dankbarkeit zu genießen.

Vom Orchester ertönten ein paar Accorde, der Vorhang ging wieder in die Höhe. Tonströmungen, wie aus Gluck's „Armida" und Mozart's „Zauberflöte" ergriffen und erfüllten Jeden, indem die Scene sich wieder öffnete, in welcher Aladdin in dem Wundergarten steht. Eine reiche, gedämpfte Musik erklang aus Blumen und Gestein, aus Quellen und tiefen Schluchten, verschiedene Melodien verschmolzen in eine große Harmonie. Ein Hauch von dem Hinbrausen der Geister klang im Chorgesang; es war, als ertöne derselbe bald ferne, bald wieder nahe, schwellend in Kraft und bald wieder verschwindend. Getragen von diesem Zusammenklingen erhob sich Aladdin's Gesang=Monolog; allerdings was man eine große Arie heißt, aber in Cha=rakter und Situation der Art, daß sie ein nothwendiger dramatischer Theil des Ganzen wurde. Die klangvolle, sympathische Stimme, diese innigen Töne des Herzens, durchflammten Alle, und rissen zu einer Begeisterung hin, die sich nicht höher zu steigern vermochte, als er die Glückslampe ergriff, umbraust von dem Gesang der Geister.

Bouquets regneten von allen Seiten herab, ein Teppich von lebenden Blumen breitete sich vor seinen Füßen.

Welcher Lebensaugenblick für den jungen Künstler, der höchste, der größte! Ein mächtigerer würde ihm niemals vergönnt werden können, das fühlte er. Ein Lorbeerkranz berührte seine Brust und fiel vor ihm nieder; er hatte es gesehen, aus welcher Hand derselbe kam. Er sah das junge Mädchen in der Loge zu=nächst der Bühne, sah sie, die junge Baroneß, aufrecht stehend wie ein Schönheits=Genius, hoch jubelnd bei seinem Triumph.

Ein Feuer durchflammte ihn, sein Herz schwoll ihm wie noch niemals, er beugte sich nieder, erfaßte den Kranz, hob ihn gegen sein Herz und sank in der=selben Secunde zurück. — Ohnmächtig? Todt? — Was war es? — — Der Vorhang fiel.

* * *

„Todt!" wiederhallte es. Todt in der Sieges=freude, wie Sophokles bei den olympischen Spielen, wie Thorwaldsen im Theater während Beethoven's Symphonie. Eine Ader des Herzens war gesprungen, und wie durch einen Blitz waren seine Tage hienieden zu Ende, geendet ohne Schmerz, geendet in irdischem Jubel, im Beruf seiner irdischen Mission. Der vor Millionen Glückliche!

Druck von A. Th. Engelhardt in Leipzig.